圖說

寓言的故事

高詩佳 著

——60篇情境漫畫・逆向思考讀經典

五南圖書出版公司 印行

創新智慧與閱讀啟發

　　許多人將「文學」視為吟詠情性的不涉實務之道，或是理解為雕琢修辭、賣弄藻飾的虛無之事；抑或更將「寫作」看成是心口不一的夸夸其談，只需說說大話，搬出一套古聖先賢的大道理就足以服人。但，真的是如此嗎？

　　文學與寫作固然是由心而發，過程也必然調動詞彙與意象來完成精練有力的言說話語。然而文學與寫作在當代，更有著啟益智慧、邏輯思緒與昭彰文化修養的諸多意義，因此各級考試重視國文，不廢作文的用意，並非全然因依重視「文采」之傳統，更有觀察一個人是否擁有明晰的思辨能力，是否具備卓越的創新能力，以及是否能夠有效表達自我與溝通他人。然這些能力，關乎一個人對資訊的理解、判斷與活用，以及本身文化素養及世界觀的深邃鴻博，此等能力與修養，信非一朝一夕，或是通過填鴨惡補而能培養完成。

　　因此「語文」是我們對世界的觀察與描述的過程，而「文學」則是更進一步，通過我們的情感與思想，將「語文」層面的訊息轉化為「智慧」，而「寫作」則是將這種智慧完整、清晰地表達出來，並產生現實中的積極效應。這是我們今天對文學應有的認知。

　　我們的教育雖然重視「國文」這一科目，也強調閱讀和寫作的重

要，但是在當前的教育體制中，「國文」課程因為必須面對時數減少、教師工作繁多等客觀限制；同時也因教育必須兼顧整體程度，因此多數課程仍以「語文」及「知識」層面的強化為主，「文學」教育略感不足，「寫作」的指導幾乎付之闕如。因此在各級考試中，「作文」所呈現的不外乎詞不達意、陳腔濫調及人云亦云等弊病，這不是寫作者的問題，乃是整體寫作教育的問題。

因此，有心想要增強寫作能力，「閱讀」固然是自我在體制外持續進步的不二法門，但是「如何閱讀」、「如何將閱讀內化為智慧與能力」，仍是一值得思考之議題。

高詩佳老師的《圖說：寓言的故事》是針對上述議題的一部優良著作。

「寓言」本身就是一種智慧，是古往今來的智士，將玄奧抽象之概念明確化、客觀化與趣味化的過程。好的寓言不僅必須切要地指出問題的核心所在，同時也要能掌握人類心智在當下被蒙蔽的原因，也就是對人心人性的洞達。因此寓言沒有厲詞劇論，卻最有說服力；不必長篇大論，卻能一語中的。

寓言的智慧沉澱在我們的文化中，許多是我們既以為常而不再深思的觀念，然而時代不同，條件有異，對一個我們熟悉的寓言，難道不能有不同的思考與創新的發想嗎？已故的大學問家錢鍾書先生寫過〈讀伊索寓言〉一短文，他舉例《伊索寓言》中蝙蝠見鳥就充作鳥，見獸就充作獸，最後終為鳥獸所同棄的故事，說明故事本意雖在勸人不要曲意

逢迎，但我們更可從其中看見人類往往反其道而行：「在鳥類裡偏要充獸，表示腳踏實地；在獸類裡偏要充鳥，表示高超出世。」人類的機心是何等之深。

是知「寓言」重在解讀，解讀的根本則是智慧。高詩佳老師這本《圖說：寓言的故事》就是在這個觀念下所形成的好書。在一個原本就具有豐富意涵的小故事中，也許更存在著許多值得我們多方玩味的問題。透過對這些小故事的思考與辨證，訓練了我們閱讀、思考、發現問題、尋繹答案、破除陳規及創新自我觀念等多方能力，啟發了內在的智慧，讓我們對人心人性有更多的體認。這不啻對於寫作有所助益，對於我們待人處事，立論人生，應也能提供很多的良好建議與深刻想法。

國立師範大學國文系副教授

徐國能

推薦序

寓言、故事與人生

　　從前有一對兄弟，每天一早就得揹著一大簍摘採下來的新鮮蔬菜，越過郊區的高山到另一個鄉鎮叫賣。由於這座山相當的高，他們經常五六點出門，到達另一頭時已經是下午一點。日復一日做著這樣一份工作，兄弟們雖然慢慢積累了財富，但是只要一遇到酷寒、大暑，總是非常的狼狽不堪。有一天，弟弟感嘆的說：「如果這座山可以低一點，我們每天就不用那麼辛苦啦！」正忙著整理菜的哥哥看了他一眼，笑了笑道：「我恨不得這座山是現在的兩倍高。」弟弟一聽急忙大叫：「這樣還得了，每天光是爬山就累死啦。」臉上充滿笑意的哥哥不疾不徐地說著：「如你所說，如果山是現在的兩倍高，就不會有人跟我們競爭賣菜啦。這樣的話，我們的菜不就可以賣到現在的五倍，甚至是十倍的價格了嗎？」

　　上面的這個故事，是一則不折不扣的「寓言」。它透過兄弟間的互動以及日常生活爬山賣菜的行為，希望告訴我們的是：「人生在面對許多抉擇的時刻，經常需要逆向思考。有時往前看是一片懸崖，往後看卻可能海闊天空。」另外，它還說了一件重要的事：「不要害怕艱辛困難的事，因為越困難的事，越少人跟你競爭。與其一窩蜂跟隨別人去做技術門檻低的事，倒不如好好提高自己的創意思考和競爭力，非凡的成就經常

是由此而來。」從上述的例子我們可以知道，所謂的「寓言」就是透過情節簡單的故事，將原本抽象難懂的深刻意涵，藉由有趣與暗示性的方式，啟發、帶動我們的思考，讓我們見微知著、由小觀大、一葉知秋。

好的「寓言」裡頭的人物雖然可能很簡單，卻總撇不開濃厚的故事性與深刻的蘊涵。說故事與聽故事是人類共有的特性之一，這種特性真切地跨越所有文明，貫穿我們已知歷史，也符合每一個人從小以來的經驗。當我們還是小孩時，我們迷戀於父母與故事書中講述的故事。長大後，我們也學習用說故事去表達自己的體驗與看法，或是透過故事的說服力達到激發他人的作用。實際上，「寓言」之所以得藉由說故事的方式呈現，主要還在於它所想要傳達的思想、觀念，經常是不容易或不適合被直接講述的。套上故事甜美的外衣，那些原本艱澀難懂的哲思，一下子就與我們的生活與日常經驗聯繫起來。這也就是為何，好的「寓言」總是令人印象深刻，甚或是一再咀嚼而屢有新意。

善於講述故事的高詩佳老師，在重新詮釋了具經典意義的《古文觀止》後，這次將經典現代化的腳步伸向了寓言故事。在這本新的《圖說：寓言的故事》中，她透過60個兼具古典與現代意義的寓言故事，為我們鋪展出有趣、深刻、神祕的故事魔法。在〈苛政猛於虎〉中，我們看到寧可被虎咬而不願生活在苛政底下的人們的辛酸。在〈邯鄲學步〉裡頭，只懂得學表面工夫到最後甚至忘記怎樣走路的趙國人，確確實實成了眾人的笑柄。在〈畫蛇添足〉中我們不難領略，自作聰明往往

會適得其反，讓煮熟的鴨子就這麼飛了。至於，〈塞翁失馬〉讓我們重新思考「得」與「失」的哲學，〈后羿射不中〉告訴我們越重要的事越該撇開得失心的沈重，〈選擇〉要大家學會不要好高騖遠。這些寓言故事在小說筆法的重新改寫下，不僅具有充足的想像力與創意的思考，也相當具有教育和現代應用的價值。

　　長年投入教育的朋友們一定深知，閱讀與批判能力的培養，是語文和文學教育裡頭最具重要性的一塊。過於艱澀的文言文與現行的考試制度，讓我們的孩子很容易就對中文的學習產生深切的畏懼感。這時，若能夠透過篇幅簡短的寓言，培養孩子對中文閱讀的興趣，那麼更深刻的啟發也才有進一步的可能。這次詩佳老師在書中，一樣搭配了【詩佳老師說】與【漫畫經典】的單元，希望用最具趣味與智慧的閱讀經驗，協助有識的老師、家長，一同帶領孩子走入迷人的寓言世界。實際上，這本書不僅適合孩童閱讀，對於想要提升人生智慧的成人們，也是一本很好的入門書。喜歡聽故事的朋友，不妨就讓我們借助寓言的魔法，一同走入美妙的經典故事。

國立虎尾科技大學通識教育中心教授

王文仁

自序

寓言裡的故事力與想像力

　　相信很多朋友不會忘記，過去在學習文言文的篇章時，總會遇到語言晦澀、難以理解的問題。這時，如果有人能幫我們把這些難懂的部分，通通轉化成現代易懂的文字語言，再搭配精彩有趣的詮釋，那麼這些古老篇章的學習，想必就不會這麼的困難。

　　確實，古典文學的學習首先必須克服的就是語言的障礙。如果這一關無法通過，就算文字的描述再怎樣美妙，傳達的微言大義多麼深刻有用，我們就是無法從中找到可以穿越的入口。為了讓更多的朋友，能夠更容易進入古典文學高深的殿堂，詩佳老師特別規劃了「高詩佳說經典故事」系列，進行「將經典現代化」的工程，在浩瀚如煙的經典中為讀者選取最重要的篇章，透過獨特的想像力與創造力，將原本簡易難懂的文言文，改寫成一個又一個好看的故事。

　　這次，我們將閱讀的腳步走向了「寓言」，收入了六十篇經典寓言。所謂「寓言」，指的是一種富含教育意義或警世智慧的短篇故事，通常以簡潔有趣的方式呈現，隱含對人生的觀察和體驗。「寓言」一詞最早見於《莊子‧寓言篇》。戰國時代是寓言創作的黃金時代，當時各門派學說百家爭鳴的結果，創造出了大量富有哲思的寓言。今天，我們在《荀子》、《墨子》、《韓非子》、《莊子》、

《戰國策》中，都可看到不少富有意義的寓言故事，值得我們一再品味與閱讀。

因此本書在寫作時，除了顧及史實與原作的考量外，更希望能跳脫框架，讓寓言的閱讀成為培養獨立思考能力的利器。比方說，在〈不龜手之藥〉中，宋國人製作護手藥，以為只有護手的用途，被人買走製藥的祕方後，給在冬天打仗的士兵使用而打了勝仗，除了分析寓意，更點出創造力的產生和運用的關鍵。又比方說〈西施病心〉的故事，我們通常只注意「東施盲目模仿」的主題，而沒有看見「東施的學習精神」。在〈埳井之蛙〉裡，通常只知道井底之蛙目光淺短，而沒有思考井底蛙究竟是在快樂什麼？大海真的是牠非去不可的地方嗎？只要運用創意思考，同一個故事根據說故事者的目的、諷喻對象不同，就能產生不同的寓意，這是本書期待能帶給讀者體會的地方。

本書在最後收錄了三篇現代的寓言創作，以對照古典寓言和現代寓言的延續性和不同之處。有諷刺現實政治、同情弱勢人民的〈公案〉，是小說家張至廷老師的創作，語言傳神而靈活，故事中的諷刺性與荒謬感，形成了一種獨特的幽默，是現代寓言創作的典範。〈選擇〉與〈豌豆公主〉兩篇是筆者的創作，前者說居住環境不同的兩隻螞蟻都犯了同樣的毛病，只站在自己的角度看世界，諷刺人性的偏狹心態；後者說的是現代人因養尊處優造成的「公主病」，不限於女性，現實中也常見男性的「王子病」。不論寓言傳達的是什麼寓意，目的都是

點出現實的真相，並期待讀者藉著閱讀故事，對自身的問題、社會或世界的問題，有所理解與反思。

書中的【經典故事】單元，由詩佳老師對原作進行小說式的鋪敘、改寫。【詩佳老師說】輕鬆帶領讀者深入淺出的賞析原作。【名句經典】收錄與原作相關的名句或成語，以幫助語文的學習。內容幽默諷刺的【漫畫經典】，則用漫畫強化讀者對故事的印象。這樣的引導安排，使整個閱讀的過程充滿趣味。同時，詩佳老師在細心閱讀原文尋找問題的過程中，發掘出不少有趣的想法，為了能夠跟大家分享，決定將生硬的古文再創作，讓埋藏其中的人生哲理和韻趣一一解密。同時也讓更多的朋友們，乘著經典的羽翼，在迷人的故事花園中，透過閱讀增強語文能力，也一同分享寓言所蘊含的生命智慧與喜樂。

逆向思考讀寓言

什麼是逆向思考？

> 木匠帶著徒弟經過一棵巨大的櫟樹，徒弟對樹木之大嘖嘖稱奇，路人也好奇的圍觀，只有木匠瞄了一眼，掉頭就走。徒弟看完樹後，追上師父問說：「徒兒生平沒見過這麼高大華美的樹木，師父怎麼不看就走了呢？」木匠說：「這棵樹沒什麼用，做船會沉，做棺材會爛，做器具會碎散，做門窗會流出樹汁，做柱子會長蟲啊！」到了晚上，木匠夢見這棵大樹對他說：「你怎麼說我沒用呢？假如我像你說的那麼有用，不是早就被人類砍了？」

這故事出自《莊子》的寓言——「不材之木」。

別人以「無用」的理由嫌棄樹木，莊子卻告訴我們：「無用之用，方為大用。」一般人眼中的「無用」，卻正是樹木的價值所在！因為沒有什麼能比保住性命更「有用」的了！莊子就是運用逆向思考，顛覆一般的認知。

時光再跳到1968年，當時3M公司的史賓塞·西爾佛博士（Spencer Silver），想要研發全世界最強力的黏膠，卻意外地開發出黏性不強的黏膠，這個「失敗的」實驗品就被放到倉庫裡，乏人問津，一直到

1977年，才被另一位研發人員亞特・福萊（Art Fry）重新發掘。

　　福萊想到，如果能將這種黏膠用在書籤上，就可以解決書籤常常掉出書本的困擾，後來他又將黏膠塗在記事的便條紙上，成為「便利貼」。沒想到掀起熱潮，讓3M公司賺進大把鈔票，這是在生活中運用逆向思考的成功例子。

　　逆向思考可以刺激新的想法，讓問題起死回生，創造出更大的價值，運用在閱讀和寫作上，也能夠幫助我們創新觀點。如果能夠跳出習慣的思考框架，聰明地運用逆向思考，就能用顛覆傳統觀點的角度，去探索每一個寓言故事、每一篇文章、小說，做一個觀點與眾不同的人。

該怎麼思考？

　　一般的思考方式好比火車的車廂，一個挨著一個，有順序的連接著，每個想法都是從前一個想法而來，比如說看到「月亮」只能想到「月餅」、「中秋節」、「烤肉」等等，看到「巧克力」只能想到「情人節」，無法跳脫出來。

月亮→月餅→中秋節→烤肉……

巧克力→情人節→結婚→生小孩……

　　這種慣性的思考方式，猶如透過一條細長的水管看世界，視野狹

窄，看問題的角度和範圍都受到限制，靈活性不夠，不容易產生新的想法。逆向思考，則像個膽大而沒有顧忌的孩子，具有創造性的破壞力：破壞了傳統刻板的觀念，卻創造出新穎的觀點。

　　有許多代表傳統價值觀的題目，更適合逆向思考，像成語、故事、寓言、俗語等，平日可以拿來練習「逆向」的閱讀技巧，例如：

1. 愚公移山

　　古代有一位名叫北山愚公的老人，因為屋子前面有太行、王屋兩座大山擋了路，出入不便，就決心把山夷平，全家人討論要將挖出的土石丟到海裡。解決了放置土石的問題後，愚公就率領他的兒孫進行移山的工作。智叟聽了，譏笑他愚蠢，愚公卻回答：「我死後還有兒子、孫子，子子孫孫無窮盡，而山不會加高，怎會剷不平呢？」因此每天不停挖山。愚公的精神終於感動了天帝，就派大力士夸蛾氏的兩個兒子，一起來把兩座山背走了。

一般思考：只看見故事裡「人只要持續的努力不懈、不畏艱難，就能成功」的主題，而沒有看見問題的另一面。

逆向思考：試著站在智叟的角度看，智叟是否認為「人不能一昧地埋頭苦幹，而不懂得運用更有效率的作法」？請嘗試用對立面的角度翻轉問題。

2. 司馬光砸缸救人

司馬光從小就聰明伶俐，七歲的時候，就如成年人一樣穩重。有一次，司馬光和一群兒童玩伴在庭院捉迷藏，有一個孩子爬上大水缸，不小心失足掉進水缸裡，其他的孩子都嚇跑了。司馬光急中生智，搬起一塊大石頭砸破水缸，缸裡的水流出來以後，小孩子便得救了。小孩的媽媽很感激司馬光，許多人知道這件事，都稱讚司馬光的勇氣及機智。

一般思考：小孩子跌入水缸，一般人想到的是伸手將小孩撈起來，這是「救人離水」，但是其他孩子身高不夠，力氣不大，無法這樣救人。

逆向思考：想想還有其他救人的方法嗎？司馬光用石頭打破水缸，這是「離水救人」。解決問題或者看事情，絕對不會只有一種方法。

善於逆向思考的人，通常是不肯輕言放棄的人，「不夠黏的黏膠」這個失敗的發明，因此能夠起死回生，作為便利貼背後的堅強支柱，風行全世界，它的形狀是代表理性的正方形，象徵創意並不是只靠靈光一閃，更需要理性的深思熟慮。

在閱讀和寫作中運用逆向思考，顛覆一般的想法，可以激發出新的觀點，促使你思索過去鮮少想到的部分。不妨從現在開始用另一種眼光看問題，為故事創造出更多不平凡的驚奇。

目錄

❶橘逾淮爲枳

（春秋齊·晏嬰[1]《晏子春秋·內篇·雜下》）

【經典故事】

　　那個身材比常人矮小、窄肩膀的齊國大使晏子，奉命出使楚國，他在出發前，就知道這是一件不好辦的差事。

　　晏子一行人走了很久，旅途勞頓，今日終於來到了楚國。楚王在宮殿熱情的款待晏子，並且賜給酒喝，以慰勞齊國使臣的辛勞。酒到酣處，忽然有個官吏綁了一個衣衫襤褸[2]的人來到殿上，手一推，那個人就跪倒在地上，只見他披頭散髮，形容憔悴，身上布滿了紫色的傷痕。

　　楚王冷傲的伸出手指，對著跪在地上的囚犯揮了揮手，說：「那地上捆著的人是幹什麼的？」宴會上歌舞昇平的氣氛，頓時降到了冰點。

　　那官吏行禮回答：「囚犯是從齊國來的，在我國犯了竊盜罪。請大王發落！」

　　楚王掩不住得意的神色，轉頭問晏子：「難道貴國的人很擅長偷竊嗎？」

　　晏子聽了，立刻恭敬的站起來抹平衣服上的皺摺，回答：「我

1　晏嬰：（？－西元前500年），字仲，史稱晏平仲。曾任齊國的上大夫，歷任靈公、莊公、景公三朝，以生活節儉，謙恭下士著稱。據說晏嬰的身材不高，其貌不揚。相傳有《晏子春秋》，記述晏嬰的言行和故事，文筆生動流暢。

2　衣衫襤褸：衣服破爛的樣子。襤褸，音ㄌㄢˊ ㄌㄩˇ。

聽說，橘樹生長在淮河[3]南方時，稱爲『橘』，但是越過淮河長在北方以後，就變成了『枳[4]』，它們只有葉子的形狀長得像，果實的味道卻不同，這是因爲淮河南、北的環境和氣候不一樣，使果實的生長也不同的緣故。現在，生活在齊國的老百姓不會偷竊，可是到了楚國就偷，這難道不是受到楚國的風俗影響，才使老百姓特別會偷竊嗎？」

詩佳老師說

　　淮南的橘樹移植到淮北，就成了枳樹，由此可知，環境對事物的影響是多麼深遠啊！人也一樣，如果生活環境改變了，思想或個性可能不知不覺受到影響，從一個不偷竊的人，變成一個慣竊，這就是潛移默化的可怕。

　　故事生動的塑造了楚王與晏子的形象。楚王原本想藉著囚犯羞辱齊國，所以他故意問晏子：「貴國的人擅長偷竊嗎？」簡單的一句話，就將楚王倨傲無禮的形象，栩栩如生的勾勒了出來。

　　而面對楚王的無禮，晏子卻採取相反的態度，他首先恭敬的站起來，用合乎禮節的行爲對照楚王的無禮，然後再說個故事，點出「楚國的環境使百姓容易偷竊」的道理，這是以牙還牙，用楚王的邏輯來反擊楚王，成功壓倒對方的氣燄。晏子隨機應變，

3　淮河：河川名。爲黃河和長江間的大川，發源於河南省南部的桐柏山，流經河南、安徽、江蘇三省。是中國東部南、北的氣候天然屏障，北方大部分地區進入冬季的狀態時，南方卻還可以享受深秋的溫暖陽光。

4　枳：音，ㄓˇ。水果名，又叫枸橘，味道酸苦。

從容不迫的維護自己和國家的尊嚴，使人不得不大加讚賞！

名句經典

——近朱者赤，近墨者黑（晉・傅玄《太子少傅箴》）

這兩句話的意思是，靠近朱砂的東西，容易被染成紅色；靠近墨黑的事物，則容易被染成黑色。後來用以比喻人的習性會因為環境的影響而改變。故事中的楚王和晏子，就是用類似的意思來互相諷刺對方。

【漫畫經典】

◆ 楚王想藉囚犯羞辱齊國，晏子以態度和言辭兩面反擊回去。

❷楚王好細腰

（春秋宋・墨翟[1]《墨子・兼愛中》）

【經典故事】

　　他愛看婀娜多姿、細如楊柳的腰，那些苗條瘦弱的身材多麼賞心悅目！弱柳扶風[2]的姿態有多美啊！只是他愛的不是女人的腰，而是男人的腰。

　　楚靈王喜歡臣子擁有纖細的腰身，所以大臣們都深怕自己長得腰肥體胖，會失去君王的寵信，因而不敢多吃；有些人的手段更激烈，他們每天只吃一頓飯，為的就是要節制腰身。

　　朝廷的男人們每天起床後，在穿戴官服以前，必定先深深的吸一口氣，然後屏住呼吸，使小腹下陷，再用力的把腰帶綁緊。但是這並不容易做到，有時候忍不住吸氣了就得重來，幾番折騰以後，許多人都只能慢慢扶著牆壁站起來。

　　「好苦啊！」為了投君王所好，大臣們都叫苦連天，餓得頭昏眼花，眼冒金星，站都站不直了。坐在席子上的人要站起來，非得要別人扶著不可；坐在馬車上的人要站起來，也一定得按著車子借力使力才行。想要吃美食，也只能舔舔嘴唇忍住不吃，為了維持細

1　墨翟：墨子（約公元前468－前376年），名翟（ㄉㄧˊ）。創墨家學派，主張兼愛、尚同、非攻、非樂、節用、節葬。《墨子》相傳為墨翟及其弟子所著，主要記載墨子的思想言行，文筆樸實、重邏輯，寓言不多，但開啟文人創作寓言的先河。

2　弱柳扶風：形容女子的體態軟弱，動作輕柔。

腰，他們就算餓死了也甘願。

等到一年以後，滿朝的文武官員都臉色發黑，一副乾枯瘦弱的模樣了。

詩佳老師説

楚靈王任用大臣的標準就像在選美，他的標準是腰細不細，而不是有沒有才能。君王的喜好變成壓力，臣子就會花費許多精神節食、減肥，最後傷害健康，「楚靈王好細腰，其朝多餓死人」，就是說這種跟隨潮流、諂媚君王的荒謬行為。

這麼說，那些天生腰身粗壯的大臣怎麼辦？就算他們擁有才華、智慧和道德感，在這場追逐細腰的競爭中，仍然會輸掉的，只有腰身纖細的臣子才能獲得青睞，不符合君王審美標準的人則會懷才不遇。這種只重視外表、不重視內涵的朝廷，是很難有所作為的。

細腰，一直被當作「美」的象徵，中國從第四世紀到第六世紀的詩歌作品，就有六十六個浪漫的描述都提到「細腰」。文學上的細腰是美的、浪漫的，但如果放錯了位置，在朝廷上選細腰而不選人才，只怕將會選出許多光鮮亮麗，內在卻面黃肌瘦、全然無用的「庸才」。

——上有所好，下必甚焉（《禮記·緇衣》）

　　這句話是孔子說的，意思是居上位的人有什麼喜好，下面的人必定更加愛好，因為下屬跟著上面的人做事，並不是只服從命令，還會信服他的言行，如果上面的人喜歡這樣東西，下屬一定會更喜歡，所以在上位者面對自己的喜好，不可不慎重。

【漫畫經典】

◆ 楚靈王愛細腰，大臣自然跟隨君王的喜好行事。

❸ 苛政¹猛於虎

（《禮記²·檀弓下》）

【經典故事】

　　路邊有三座墳墓，旁邊的雜草都已被清除得乾乾淨淨，只能從墓碑上刻的字跡來判斷新舊。有個老婦人在這三座墳墓的前面哭得很悲傷，她身上穿著喪服，一隻手撫著最新的那座墓碑，哭得肝腸寸斷，任何人聽了都會感到不忍。

　　孔子與學生們正好從泰山取道，看見了婦人，不禁感到疑惑，就問學生：「這婦人為什麼哭得那麼悲傷？難道有什麼傷心事？」孔子立刻令車子停在路邊，站起身來，將手支撐在車子的橫木上，便要尊敬長輩的子路³向婦人問個究竟。

　　子路彎下腰來，問婦人：「請問大娘哭得這麼傷心，像真的有很多傷心事？」

　　婦人抬頭看了子路一眼，又低頭啜泣，說道：「是啊。以前我的公公被山裡的老虎咬死了，後來我丈夫也被老虎咬死，現在，連

1　苛政：苛刻殘酷的政治。苛，音ㄎㄜ。
2　禮記：是秦、漢以前各種禮儀相關論著的選集，由孔子弟子及再傳弟子所記，相傳由西漢戴聖編纂。內容有記居喪、治喪、弔喪的故事、大同與小康的政治理想等等，寓言很少。
3　子路：（公元前542－前480年），姓仲，名由，字子路、季路。魯國人，孔子的學生，少孔子九歲，也是弟子中侍奉孔子最久者。事親極孝、勇敢善戰、性格爽朗，也很尊敬師長。

我兒子都被老虎咬死了！家門不幸，實在讓我很難承受，叫我怎能不哭！」說著，又悲傷的哭了起來。

孔子聽了相當難受，便詢問婦人：「山裡有老虎，妳為什麼不離開這裡，另外找個安全的地方定居呢？」

婦人聽到孔子的話，卻嚇得收起了淚水，連聲音都顫抖起來，說：「這裡雖然有老虎的威脅，可是卻沒有殘暴的政令壓迫我們啊！」她想到去年官府派人來爭討賦稅⁴時，那副惡形惡狀的模樣，眼神就充滿了恐懼。

孔子嘆氣，回頭對學生們說：「你們記住，殘暴的政令比老虎還要凶猛可怕！」

詩佳老師說

這是個兩難的題目，老虎、苛政都很可怕，如果必須選擇，到底要選哪一個？

老虎一連吃掉婦人一家三代的男人，是可怕的悲劇。但是婦人這麼不幸，還是不願意離開這個地方，原因竟然是老虎住在統治者管不到的山林，山裡頭沒有苛政，可見在老百姓的心中，苛政比猛虎要凶險得多了。

老虎吃人只是因為肚子餓，如果它先吃飽了，通常不會主動傷害人類。老虎攻擊人，也只是殺人之後吃掉，並不會折磨人。人們可以自衛或者反抗老虎，像是武松打虎，倘若成功殺了老

4　賦稅：田賦和各種租稅的總稱。稅，國家向人民徵收所得的一部分，作為國家經費。

虎，還可以成爲英雄。

可是苛政就不同了，苛政是殘暴肆虐的政令，人類社會的苛政不像老虎只是爲了吃飽，苛政存在的目的，是要壓榨人民的血汗與生命，並且對反抗的人進行迫害。在現今，苛政可能化身爲稅賦、貧富、階級的差異等等，對人民層層剝削，其規模與涵蓋的範圍比老虎的威脅強上百倍。我們不禁想到，那些在世界的角落受到苛政迫害的人，有多少山林能讓他們躲藏呢？

名句經典

──暴政必亡（成語）

夏朝末年，桀即位之後暴虐無道，日夜飲酒作樂，完全不顧困苦的百姓。商湯看到時機成熟，於是以替天行道的名義，向腐敗的夏朝發動戰爭，建立新的商朝，印證了「暴政必亡」這句話。如果在上位者施行暴政，百姓苦不堪言，還不能及時悔悟，終有一天會受到人民的反抗，而得到滅亡的結果。

◆老虎與苛政都很可怕，到底要選哪一個？

❹ 杞人憂天

（戰國・列禦寇[1]《列子・天瑞》）

【經典故事】

「世界末日到了！」杞[2]國有一個人擔心天會崩塌、地會陷落，到時候自己沒有地方可以生存，所以他覺也睡不好，飯也吃不下，過得非常痛苦。

「真的，世界末日到了……」他喃喃念著。

有個人看見杞人這麼憂愁，不禁為他擔心起來，就開導他說：「天空只不過是一團聚積在一起的氣體，到處都是空氣。你平常的一舉一動，一呼一吸，都是在空氣裡活動的呀，怎麼還會擔心天塌下來呢？」

杞人愁眉苦臉的說：「如果天空真的是一團氣體，那日、月、星辰不就會掉下來嗎？該怎麼辦呢？」他焦慮得不停抓頭髮。

開導他的人就說：「日、月、星辰，只是空氣中會發光的東西，就算掉下來了，也不會砸傷什麼啊！」

但是杞人緊皺眉頭，哭喪著臉說：「可是，如果地陷下去怎麼辦？」

開導他的人又說：「地面只不過是堆積起來的土塊，土地填滿

---

1 列禦寇：相傳為戰國時的道家人物，主張虛靜、無為。《列子》據說是列禦寇所著，保存了許多珍貴的民間故事、神話傳說和古代寓言。

2 杞：音ㄑㄧˇ。

了四面的空間，到處都是土塊啊！你整天邁開大步跳躍，走來走去，怎麼還擔心地會陷下去呢？」

杞人總算放心了，又再度快樂起來，開導他的人也放心了。

詩佳老師說

古時的人們還不認識自然界，會這樣提出疑問、勇於探索是很好的，但是杞人天天為這些問題煩惱，甚至壓力大到影響自己的生活就不好了。人對自己無法了解和解決的問題，不要太早陷入無止盡的憂愁而無法自拔，不如多多學習新知、了解事物，才能防範災難，進一步愛護我們生存的大自然。

杞人惶惶不可終日，在別人的開導下，又快樂起來，前後的變化塑造出栩栩如生的形象。此外，透過另一個角色的勸告，開導杞人遇事只要多思考，分析各種事物之間的關係，便能防止主觀片面的判斷和盲目，雖然就現在的觀點來說，他對天、地、星、月的解釋並不正確，但是那種耐心勸導的態度，值得讚賞。

名句經典

——天下本自無事，只是庸人擾之（《舊唐書‧陸元方傳》）

本來沒什麼事，只是庸碌的人無端自尋煩惱，後來濃縮為成語「庸人自擾」。「天下」指大千世界；「本無事」指世間任何的事情都是福禍相倚，利弊參半；「庸人」是缺乏智慧的

人，因為他們不了解道理，所以才會無端擔心受怕，惟有擁有大智慧的人，才不會經常困擾自己。

【漫畫經典】

◆ 天地需要人們愛護和探索，不需要毫無根據的杞人憂天。

❺ 向氏學盜

（戰國・列禦寇《列子・天瑞》）

【經典故事】

宋國的向先生當了一輩子的窮人，窮到像是快給鬼抓去了，痛苦不堪，某天決定不再忍耐，於是跑到齊國[1]，向富翁國先生請教發財致富的方法。

國先生聽了他的問題，卻語出驚人的說：「我呀，專門靠『偷盜』為生，只要一、兩年就可以自給自足了，過三年就能大豐收，以後還有能力施捨給鄉里的百姓呢。」

向先生喜出望外，就開始到處偷竊，比如說，三更半夜翻越人家的圍牆，鑿破房間的牆洞，只要視線所及、手所碰的，什麼都偷。過沒多久，就因為竊盜案而被抓到、判罪，連他自己的財產都被官府沒收了。向先生待在牢裡悔不當初，一心認為是國先生欺騙了他，因此非常怨恨。

國先生知道這件事，就去牢房裡見他，問：「你是怎麼做賊的？」向先生就把偷竊的情況說了。

沒想到國先生「嘻」的一聲，失笑道：「你完全搞錯了啊！我『偷』的都是免費的財貨。像是偷了大自然的資源，靠著雨露滋

1　齊國：國名。位於今山東省一帶。周武王封姜太公於此，傳至戰國時，君位被權臣田氏篡奪。後為秦國所滅。

潤，用山川孕育萬物，使我的農作物順利成長，然後生養莊稼[2]、築牆、蓋房屋。我還在陸地努力打獵，偷了禽獸；在水裡用心捕魚，偷了魚鱉。這些都是『偷』來的啊！所有的農作物、土地、樹木、禽獸、魚鱉等等都是大自然生的，我偷天的就沒有災禍；但是金銀財寶、穀物錦緞等財物都是別人的財產，你偷那些東西被判罪，怎麼能怨我呢？」

詩佳老師說

國先生的「盜」，指的是靈活運用自然資源發展生產，而發家致富的正確方向。但是向先生理解的「盜」，卻是穿牆越戶、偷竊別人財產，他聽到的只是「做盜賊」三個字，卻不明白富翁教他的是一種「智慧」。

國先生致富確實有一套，他利用天時、地利，加上勤勞耕作，向大自然「偷」東西，「偷」是個巧妙的比喻，勤勞耕作才是過程。向先生卻誤以為向大自然偷東西，是做些偷雞摸狗的勾當，結果被捕入獄。對向先生來說，理解不勞而獲的偷竊，比學習辛勤努力的耕作還要容易。

故事也是提醒我們要辨別語言的意義，同一個「盜」字，就有不同的理解、不同的運用，結果天差地遠。這同時提醒我們，想學習別人的經驗或學問，一定要先仔細思考，不能只停留在字面的解釋或是模仿，忽略了更重要的「內涵」。

2　莊稼：農作物的總稱。稼，音ㄐㄧㄚˋ。

——盜亦有道（《莊子·胠篋》）

　　要成為一個大盜，也需要具備才能與原則，後來指不會隨意盜竊他人財物。古時的大盜「盜跖」的徒弟問他：「做強盜也有原則嗎？」盜跖回答：「作什麼都要有原則。能推測屋裡藏什麼財物，先進到屋裡，最後退出屋子，能判斷可否採取行動，事後分配公平，就符合了明智、勇敢、義氣、智慧和仁愛。」

【漫畫經典】

◆ 向先生好吃懶做，只願選擇性地理解不勞而獲的捷徑。

❻朝三暮四

（戰國・列禦寇《列子・黃帝》）

【經典故事】

宋國有人靠著養猴子出名，他的外號叫「狙公[1]」。

狙公很愛猴子，他在自家的庭院養了一大群，有老的、小的，熱鬧極了。他懂得猴子的語言，可以跟牠們對話，猴兒們也很了解狙公的想法，人、獸之間相處愉快，狙公甚至願意節省家人的糧食，把多出來的費用拿去增加猴子的口糧，過不久，家裡的經濟狀況就越來越差了。

眼看這樣下去不是辦法，迫於無奈，狙公只好忍下心來，打算限制猴子的飲食，以節省開銷，但是他又擔心如果分配不當，這些小猴崽子[2]不聽話，到時候淘氣起來怎麼得了？煩惱了半天，狙公終於想到一個辦法。

狙公對猴子們說：「從明天開始，給你們吃橡樹的果實，早上給三個，晚上給四個，這樣夠嗎？」

猴子們聽了氣得吱吱亂叫，在院子裡跳來跳去，搖晃樹枝表示抗議。

狙公連忙安撫牠們，說：「不然這樣好了，給你們吃橡樹的果

---

[1] 狙公：養獼猴的人。狙，音ㄐㄩ，獼猴。
[2] 猴崽子：小猴兒。後來又可當作責罵頑童的話。崽，音ㄗㄞˇ。

實，早上給四個，晚上給三個。這樣夠嗎？」

猴子們聽了非常高興，都乖乖的匍匐[3]在地上表示順從了。

詩佳老師說

故事又見於《莊子·齊物論》。原來的意義是，無論「朝三暮四」或「朝四暮三」，實際上猴子每天都可以得到七顆果實，數量沒變，所以猴子的反應就顯得可笑了。狙公只是順著猴子的心理需要而已，他利用猴子討厭損失的心理，讓猴子早上得到的果實比晚上多，就達到了取悅猴子的功效。

想一想，現今那些思想淺薄的人，總是容易被表象所迷惑，而不能探究事物的本質，比如看見衣著華麗的人，就以為對方很富有，這不正像狙公的猴子嗎？牠們只在意早上多拿果實或者晚上多拿，最後不免被「朝三暮四」或「朝四暮三」給蒙蔽，這是人性的弱點，值得我們深思與反省。

後來「朝三暮四」與「朝秦暮楚」混淆了。後者指戰國時期，秦、楚兩大強國對立，有些弱小的國家在秦和楚之間立場反覆。「朝三暮四」本來與此無關，但字面上容易混淆，久而久之就被套用過來，理解為沒有原則、反覆無常了。後來凡見到有人反覆不定、才說過的話馬上改變，或剛決定的事情很快就變卦，就比喻為「朝三暮四」。這也算另一種「猴子的謬誤」啊！

3　匍匐：音ㄆㄨˊㄈㄨˊ。手足伏地爬行。

——朝秦暮楚（成語）

　　秦國和楚國是戰國時代的兩大國，這兩國經常有紛爭，所以夾在其中的韓、趙、魏等小國就十分為難了，他們有時立場倒向秦國，有時又跑去協助楚國，反覆變化不定。後來，就以「朝秦暮楚」來比喻人心的反覆無常。又引申為早上還在秦國，晚上卻已在楚國，形容人行蹤不定，四處飄泊。

【漫畫經典】

◆ 狙公利用猴子討厭損失的心理，順利的分配好糧食。

❼鮑氏之子[1]

（戰國・列禦寇《列子・説符》）

【經典故事】

　　齊國的貴族田先生，在庭院擺下宴席為朋友送行，男女僕役安靜熟練的在席間穿梭，將美味的佳餚如流水般不斷送上桌來，參加這場宴會的幕僚、賓客、謀士等食客[2]和住在附近的鄉親們，加起來就有千人之多。

　　正在熱鬧時，有人端上了魚與雁，烹調得香味四溢。田先生滿意的看了看，伸筷子夾起一塊肉，忽然生出感慨來：「上天多麼厚待人啊！繁殖了五穀，生育了魚、鳥，就為了供我們食用。」賓客們紛紛隨聲附和，一致表示贊同。

　　這時，在座有一個姓鮑的十二歲小孩，忽然走上前來說道：「其實事情不是您說的這樣耶！」孩童的聲音響亮，所有人聽了都回頭注視他，感到驚訝。

　　鮑家孩子不管別人的眼光，繼續神色自若的說：「天地萬物和我們生存在自然界，只是類別不同而已。生物沒有高低貴賤的區別，只因為體型大小和智力不同才會交替相食，您不該說某生物是為了讓另一種生物存活才存在。人只是選擇能吃的食物，怎會是上

1　鮑氏之子：鮑家的兒子。
2　食客：古代寄食於官宦顯貴家中，為主人策劃計謀、奔走效力的人。

天特地為人創造食物呢？如果照這個邏輯的話，那麼蚊、蚋[3]吸人的血，虎狼吃人的肉，總不能說上天創造人出來，給蚊蚋、虎狼當食物吃啊！」

詩佳老師說

「人是地球的主宰」、「人是萬物之靈」，一直是人類社會的主流價值，在這種價值觀的主導下，自然界有許多動物瀕臨滅絕的處境，很多人把萬物當作是神或上帝為了人類而創造、安排好的。比如說，魚被創造是為了給人吃，鳥被創造也是給人享用，整個自然界被創造出來都是為了讓人類存活。在這樣的心態下，人們容易任意的主宰萬物的生死，也容易失去對生命的尊重。

鮑家孩子是個能夠獨立思考的孩子，年紀雖小卻敢於表達，不像那些成年人，為了阿諛奉承而附和田氏。鮑家孩子能夠平等的看待萬物，認為一切的動植物都沒有貴賤之分，萬物與人類並生，他用舉例的方法說服別人，與故事中的成人相比，他的勇氣與智慧令人刮目相看。

3　蚋：音ㄖㄨㄟˋ，吸食人和動物血液的昆蟲。

——民吾同胞，物吾與也（宋‧張載《西銘》）

　　視人民如同胞，視動物如同類，比喻博愛，後來濃縮爲成語「民胞物與」。人類自認爲是萬物之靈，在食物鏈的最頂端，不免有「萬物皆爲我所用」的心態，但如果以溫厚的心去看待每個生命，那麼萬物雖非同類，也都可以視作人的朋友，這種態度超越一己之私，也消解了人我、人物之間的對立與隔閡。

【漫畫經典】

◆ 鮑氏之子的言論，戳破了田氏自以爲萬物之靈的傲慢。

❽ 韓娥善歌

（戰國・列禦寇《列子・湯問》）

【經典故事】

韓娥，這個柔弱的女子，打算獨自到東方的齊國去，貧寒的她在半路用光了錢糧，但是她並不害怕，因爲她擁有一副好歌喉。爲了度過難關，韓娥便在齊國的雍門[1]這個地方短暫停留下來，靠著賣唱換取食物，離開後，她那美妙絕倫的餘音彷彿還在城門的屋梁間繚繞，馬兒不吃草了，魚兒也游出水面傾聽，凡是聽過歌聲的人都沉浸在其中，好像她從來就沒有離開過。

韓娥離開雍門後走了半天，來到一家客棧投宿，店小二[2]看她孤弱潦倒、蓬頭垢面的模樣，就伸手攔阻，說：「本店不招待窮客！」任韓娥怎樣好說歹說也不讓她進去。這個店小二狗眼看人低，讓韓娥非常傷心，忍不住拖著長音痛哭不已，哭聲遠遠傳開來，一里內的男女老幼都爲之動容，悲傷的哭音感染了整個村子的人，他們淚眼相向，愁眉不展，難過得吃不下飯。

無奈之下，韓娥只好離開客棧[3]，只覺得前途茫茫，不知何去何從。人們聞聲而來，知道這件事後，急忙追去挽留她，只見不遠處一個柔弱的女子正緩緩而行。人們呼喚著：「請回來再爲勞苦的

---

1 雍門：春秋時齊國都城營丘的西門。雍，音ㄩㄥ。
2 店小二：舊稱旅店或酒館中的服務員。
3 客棧：舊時供人暫時休息、住宿的旅店。棧，音ㄓㄢˋ。

人高歌一曲吧！」韓娥那點堅強徹底被摧垮了，紅了眼眶。

　　韓娥真的回來了！又拖長了聲調高歌起來，但是這回她的歌聲中充滿了喜悅，有如溫暖的春風，引得鄉里老少歡呼雀躍，鼓掌不能自禁，大家忘情的沉浸在其中，將以往的悲苦忘卻了。為了感謝韓娥，人們就送她許多錢糧，讓她安心的繼續未完的旅程。

　　現今雍門的人善於唱歌表演，聽說就是韓娥的遺響[4]啊！

詩佳老師說

　　韓娥是個民間歌手，嗓音優美，歌聲感情洋溢，具有強烈的感染力，聽到她歌聲的人都深深的陶醉。然而古時的女歌手很難名利雙收，韓娥依然貧困，客棧的店小二對她冷嘲熱諷，滿心悲痛的韓娥只好到街上將怨情唱出來，黯然的離開。沒想到韓娥的歌聲感動人心，人們欣賞她的才華，又將她請回來唱，令韓娥感動萬分。

　　人性的冷漠與溫暖差異如此之大！很多人看事物往往只看到表面，而忘記人性美好的一面。受到感動的韓娥唱出來的歌聲更動人了，這次是歡樂的，人們也隨著喜悅的歌聲從憂傷中解脫出來。惟有蘊含真情的作品，才不會有曲高和寡的問題，創作者會將真情實感融入於創作中，與大眾同悲歡，成為他們忠實的代言人。

　　偉大的藝術擁有感動人心的力量，創作者可能因為滿心創痛、或滿懷喜悅而受到感動，得到靈感，從中提煉體現於作品，這就是藝術的美妙之處。

4　遺響：餘音。這裡指韓娥帶來的影響。

——餘音繞梁，三日不絕（《列子‧湯問》）

　　餘音環繞著屋梁旋轉不去，形容音樂美妙感人，餘味不絕，這是對音樂的一種想像與誇飾，實際上音樂已經沒有了，但由於太過美妙好聽，所以仍然可以留在人們的記憶裡，流連不去。後來也比喻詩文的意味深長，耐人尋味。

【漫畫經典】

◆最美妙的歌聲必出自最真摯的情感，擁有感動人心的力量。

❾不龜手[1]之藥

（戰國·莊周[2]《莊子·逍遙遊》）

【經典故事】

宋國[3]有人擅長製作護手的藥膏，可以有效的防止手部皮膚凍裂。他家世世代代都從事「洴澼絖[4]」的工作，也就是在水中漂洗棉絮，冬天的水很冷，家人往往被水凍傷了手，這是他研製藥膏的原因。有人聽說了，就送上百金的報酬想向他購買祕方。家族的人為了這件事，聚集在一起討論：「我們家世代都在漂洗棉絮，收入不過幾金而已。現在靠著賣藥膏的祕方，立刻就可以賺進百金，不如賣給他吧！」於是就同意了。

那人得到藥方後，卻不是拿去開設另一家漂洗棉絮的店，而是立刻拿去晉見吳王。他對吳王說：「這種藥膏可以運用在戰爭上，如果作戰時遇到天寒地凍的氣候，就給士兵們擦手。」吳王覺得這真是個好主意，於是留下他重用。

不久，越國侵犯吳國，吳王便命令他率領軍隊。到了冬天，吳軍和越軍進行水戰，由於吳軍都擦上了護手的藥膏，皮膚不會凍裂

---

1 龜：音ㄐㄩㄣ，皮膚受凍裂開。
2 莊周：莊子（約公元前369－前286年），名周，宋國人，戰國重要的思想家，道家人物。著有《莊子》，創作了許多寓言，使寓言成為獨立成篇的文體，對中國寓言的發展有突破性的貢獻。
3 宋國：國名。周朝分封微子之地。約位於今河南省商邱縣南，後為齊所滅。
4 洴澼絖：音ㄆㄧㄥˊㄆㄧˋㄎㄨㄤˋ，在水裡漂洗棉絮。漂，音ㄆㄧㄠˇ，用水沖洗。

受傷，因此每個人都能手執兵器發揮最大的武力，將越軍打得大敗。凱旋回來後，吳王就賞給他一塊土地。

不龜手的藥膏是一樣的，使手不龜裂的效果也一樣，但有人靠它得到封賞，有人卻避免不了漂洗棉絮的辛勞，這都是因為人的智慧不同啊！

詩佳老師說

這則寓言源自〈逍遙遊〉中莊子與惠施的對話。莊子的好友惠施對自己的主張不能受到重用而不滿，發牢騷說他有一只可以容納五石[5]的大葫蘆，但是太大了，沒有用處，只好砸爛。莊子笑他不懂運用，而講了這個故事。

同樣的東西用在不同的地方，效果大不相同，關鍵在於是否能夠「有創意」的使用。俗話說：「尺有所短，寸有所長。」尺用在恰當的地方，就不會嫌短；寸用在合適的地方，也會覺得夠長。對待事物，要用細膩的眼睛探索出最大的價值，才能完美的運用它。

在生活中，我們經常落入成見而不自覺，用刻板印象判斷事物，總認為事情一定要怎麼做才對，東西一定要怎麼用才正確。其實只要對事物有徹底的了解，發揮想像力和創意去思考，就能找到巧妙的運用方法。許多發明家創造有用的工具，那份靈感，往往就來自一念之間。

5　石：音ㄉㄢˋ，量詞，計算容量的單位。公制一石等於十斗。稱為「公石」。

名句經典

——妙用無窮（成語）

　　形容東西極其好用。創意的發想，並不會被既定的成見給限定住，比如故事中的不龜手藥，除了漂洗棉絮之外，還可以在戰場上使用。除此之外，我們還可以為它想到幾十種、甚至幾百種用法，讓事物妙用無窮，這才是真正的創意思考。

【漫畫經典】

◆保守的人只將藥膏用在洗棉絮；有創意的人卻能用來帶兵打仗。

❿ 西施病心

（戰國‧莊周《莊子‧天運》）

【經典故事】

越國的美女西施[1]，打從小時候就罹患了一種心口疼痛的病，每次從街上走過，遇到發病了，她總會停下腳步，輕輕的按住胸口，微微皺著眉頭，白淨紅潤的臉色霎時[2]變得蒼白，那副憂悶愁苦的神情看起來楚楚動人，我見猶憐。當地的人都感嘆的說，西施捧心真是一幅美麗的畫面。

與西施同村的一個醜女，名叫東施。有一天，她在路上遇到西施，正好看見西施捧心皺眉的模樣，東施驚為天人，沒想到有人竟可以這麼美麗！尤其是捧心的動作既優雅、又動人，於是回去時東施也學著西施捂住胸口，蹙額顰眉[3]的從街上走過，然而鄉里的富人看見她這副模樣，都緊閉著大門不願出來；窮人見了，也趕緊帶著妻子兒女遠遠的躲開。

東施只知道西施皺著眉頭捧心很美，卻始終不明白她為什麼美，真是可惜啊！

---

1 西施：春秋越國美女。生卒年不詳。越國苧蘿（今浙江諸暨縣南）人。本為浣紗女，因為越王句踐為吳所敗，想獻美女以亂其政，就令范蠡獻上西施，吳王大悅，果然迷惑忘政，後為越所滅。亦稱為「西子」。

2 霎時：極短的時間。霎，音ㄕㄚˋ。

3 蹙額顰眉：皺眉的樣子。蹙，音ㄘㄨˋ。顰，音ㄆㄧㄣˊ。

詩佳老師説

雖然説每個人都愛美，看到美好的事物會想要模仿，但也要考慮自己的條件是不是允許。如果不夠了解自己，不能弄清楚別人長處的內在原因，而只在表面上抄襲，就可能流於盲目，反而出糗了。

故事運用誇飾的手法，描寫富人見了東施捧心就「堅閉門而不出」；窮人見了，也「挈妻子而去走」，除了生動的表現東施的「醜」，同時也從側面突顯了東施忸怩作態的醜陋面目。

不過如果我們能試著逆向思考，就會發現，東施見到別人的優點便產生學習的欲望，其實是頗為可貴的特質。此外，東施還是個有行動力的人，不會將學習停留在空想的階段，而願意付諸行動；她可能做得不好，周圍有許多嘲笑她的人，但她依然很投入。想一想，人如果敢於學習，又能抵抗外界不利的聲音，這種勇氣不是很可貴嗎？如果我們閱讀時能夠活用逆向思考，便可跳脫傳統的觀點，使思考更加靈活。

名句經典

——畫虎不成反類狗（《後漢書·馬援傳》）

想要描繪老虎的樣子，卻怎麼樣都畫得不像，最後畫成一條威猛盡失的狗。這句話原來的意思是模仿別人卻失敗了，

後來比喻人好高騖遠，但是能力不足，仿效失真，變得不倫不類。又稱為「畫虎不成反類犬」、「畫虎成犬」、「畫虎類犬」。

【漫畫經典】

◆ 東施不知自己的短處而模仿西施捧心，反而使自己醜上加醜。

⑪坎井¹之蛙

（戰國‧莊周《莊子》）

【經典故事】

你沒聽過關於井底那隻小青蛙的故事嗎？

住在淺井底下的青蛙，對從東海游來的大鱉²說：「我好快樂啊！想出去玩，就在井欄上蹦蹦跳跳；回來休息，就蹲在井壁上的窟窿裡。跳進淺水時，水位剛好就在兩邊的胳肢窩下面，我的臉能夠浮出水面；在泥中跳躍時，泥水只淹沒腳，漫到腳背上。回頭看看那些孑孓³、螃蟹和蝌蚪之類的小蟲，誰可以跟我比？而且我獨占一坑的水，張開腿站在井裡，感覺驕傲快樂極了！你為什麼不常來這裡玩呢？」

大鱉聽了青蛙的話，還真想去參觀參觀，但是牠左腳還沒踏進井裡，右腿就已經被井欄絆住了，跌得很難看。

於是大鱉猶豫著把腿收回來，然後將大海的情形告訴青蛙：「大海非常深遠，用『千里』都沒辦法形容它的廣闊，說『八百

1　坎井：淺井。坎，音ㄎㄢˇ。
2　鱉：音ㄅㄧㄝ。動物名。外形像龜，背甲呈灰黑色，有軟皮。腹部白色或淡黃色。頸部甚長，四肢粗短，有厚蹼。多棲息於湖沼等溫、熱帶水域。背甲圓形，邊緣柔軟，肉供食用，甲殼可入藥。也稱為「團魚」、「甲魚」、「王八」、「黿魚」。
3　孑孓：音ㄐㄧㄝˊㄐㄩㄝˊ。蚊子的幼蟲。由蚊卵在水中孵化而成。

丈』也不能形容它的深度。夏禹[4]時，十年有九年因為雨水過多而鬧水災，可是海水沒有增加；商湯[5]時，八年有七年鬧旱災，海岸也沒有減少。海水並不因為時間的長短而使容量改變，也不因為雨量的多少而有增減。住在大海裡，才是真正的快樂呢！」

住在淺井的青蛙聽了，好像失了神似的，相當驚訝惶恐，覺得自己實在太渺小了。

詩佳老師說

坳井之蛙與東海之鱉，是兩個對比的形象，反映出環境對它們各自的影響。坳井蛙由於整天生活在淺井小小的舒適圈裡，養成了目光短淺、自大的性格；東海鱉則因為生活在汪洋大海，養成了開闊的胸襟和廣博的見聞。人不也是如此嗎？

世界是如此廣闊，知識之大無窮無盡，如果只將自己所見的小小角落，當作整個世界，把自己所知的一點點見聞，看作整個文明，久而久之，就會跟淺井裡的青蛙一樣，成為孤陋寡聞和安於現狀的人。

我們不妨試著跳出傳統，翻轉思考，坳井之蛙在它的天地裡，的確有屬於自己的快樂，它不是大鱉，對一隻青蛙來說，生活在淺井裡也就足夠了，自然不必對大海有所嚮往。也許我們在

4　夏禹：夏代開國的君主。顓頊之孫，姓姒氏，號禹。因平治洪水有功，受舜禪讓為天子，世稱「大禹」。
5　商湯：「商」是成湯統一天下後的稱號，所以世人稱成湯為「商湯」。

羨慕大鱉的快樂時，也應該認同垹井蛙之樂。

　　垹井之蛙真的淺陋嗎？它在屬於自己的天地裡快樂的生活著，別忘了，井水的深淺度正適合青蛙。我們為何非得拿大鱉和青蛙作比較呢？兩者各有各的世界，如果讓垹井蛙去追求它不喜歡、也不適合的大海，只是適得其反而已。

名句經典

——坐井觀天（唐·韓愈〈原道〉）

　　坐在井底看著一小塊天空，比喻人的眼界狹小，所見有限。故事中的井底青蛙生活在井底，所見的天空就是一小塊而已，自然不能與在大海生活的大鱉相比，好比說一個人的生活圈狹窄，所見不深、不廣，對事物的見解自然就容易流於平淺了，這是我們每個人都需要去省思的問題。

◆ 躲在舒適圈裡的青蛙，不能了解外面的世界多麼開闊。

⑫邯鄲學步

（戰國·莊周《莊子·秋水》）

【經典故事】

　　邯鄲[1]城的人像天生血液裡就有優雅的基因，走路特別好看，不疾不徐的模樣，瀟灑極了。燕國[2]有個年輕人很羨慕邯鄲人，就決定去趙國學他們走路的姿勢，他不顧家人反對，毅然帶著旅費千里迢迢的趕到邯鄲，想感染那種優雅的基因。

　　燕國人走在街上，看著來來往往的人們將街道當成了伸展台，各個都像台上的模特兒走著台步，看得他眼睛都發直了，不知該怎麼邁開步伐，唯恐走得不好看惹人側目。這時迎面走來一個年輕人，瞧，他走路的樣子真好看，竟使得原本平凡的外表充滿了魅力。於是燕國人就跟在他後面模仿起來，對方邁開左腳，他就邁左腳，對方邁開右腳，他也邁右腳，一不小心就錯亂了左右。眼看那個人越走越遠，燕國人跟不上了，只好回到原點另外找目標模仿。很快的，他又盯上另一個人，照樣跟在後面學步，這舉動惹得每個人都停下來觀看，捂著嘴偷笑。幾天下來，他累得腰酸背痛，但總是學不到邯鄲人骨子裡透出來的優雅。

1　邯鄲：音ㄏㄢ／ㄉㄢ。縣名。在今河北省西南部，與河南省接界處。
2　燕國：國名。①周代姬姓諸侯國，故址在今河北、遼寧及韓國北部。為戰國七雄之一，後為秦所滅。②東晉時鮮卑慕容氏稱帝，國號燕，分為前燕、後燕、西燕、南燕、北燕。燕，音ㄧㄢ。

燕國人心想，學不好的原因應該是自己習慣舊的走法。於是他決心丟掉舊習慣，從頭開始學走路。可是過了幾個月，燕國人卻越走越難看，不但沒有學會邯鄲人的步法，連自己原來怎麼走都忘了。他摸摸口袋，已經囊空如洗[3]，只好沮喪的回家，可是他不會走路了，只好無奈的趴在地上爬著回去，成為眾人的笑柄。

詩佳老師說

燕國人努力向別人學習，這點我們應該給予肯定，但是他依樣畫葫蘆的照抄並不可取，不但沒學到別人的精髓，反而連自己原有的也丟了，還不如不學。

學習不是不能模仿，但必須先細心觀察別人的優點，研究邯鄲人之所以能夠走得優雅的關鍵之處。想一想，除了步法外，那種優雅是否和他們的神態、心境，甚至文化有關？再從自己的實際狀況來檢視，如果要將步伐調整成邯鄲人的，需要哪些改變才能取人之長，補己之短？如果都像燕國人那樣盲目，一味崇拜別人，不切實際，結果必然是功夫沒學成，自己的長處也丟光了。

不過如果從「刻苦學習」的角度來看，燕國人的精神應該受到肯定，雖然他的學習方式不對，但是至少他「肯學」，比起那些不肯學習、任由自己安於現狀的人，這個燕國人更有改變的機會。如果有朝一日他能領悟訣竅，要優雅的走路便指日可待。「邯鄲學步」也可比喻人刻苦學習極為投入，而忘卻了自己。

3　囊空如洗：口袋裡空空的，像洗過一樣。比喻沒有錢。

——鸚鵡學舌（成語）

　　鸚鵡學人類說話，只是照搬照抄，完全不懂意義，其實只能在表面上相似。有個故事講，慧海和尚說：「僧問：『為什麼不准我誦經？』師父說：『就比如鸚鵡只學人說話，卻不懂人的意思；讀經的時候，不懂佛意而誦經，就像小孩學說話一樣，所以不准。』」後來以鸚鵡學舌比喻人云亦云，搬嘴弄舌。

【漫畫經典】

◆ 燕國人到邯鄲學步，一味盲目學習的結果就是一事無成。

⓭ 匠石運斤

（戰國・莊周《莊子・徐无鬼》）

【經典故事】

莊子經過惠施[1]的墓地，傷感的停下腳步，彷彿想起了什麼，回頭對同行的友人說了一個故事：

從前楚國的郢[2]地有一個人，將薄如蟬翼的白灰塗抹在自己的鼻尖上，然後，要求另一位姓石的匠人拿斧頭削掉這抹白灰。

石匠人揮動斧頭，就像風一樣的迅速砍去；那個人則站在原地文風不動，任憑他砍削。才兩三下而已，石匠人就把對方鼻尖上的白灰削乾淨了，鼻子也毫髮無傷。站在一旁觀看的人們也像若無其事的樣子，臉色不變。

國君宋元君[3]輾轉聽說這件事，不由得好奇心起，立刻召見石匠人，要求他：「請你也為我表演一次！」

石匠人卻婉拒了，他說：「我從前能砍掉人鼻尖上的白灰，是因為有好的搭檔，我們互相信任，才能夠安心的施展本領。只可惜，現在能讓我信任的人已經死去了。」

莊子說完這個故事，不由得嘆氣，凝視著墓碑，說：「自從惠施先生過世以後，我也失去能讓我施展本領的對象了。」

---

1 惠施：（約前370年－前310年），戰國時期的政治家、辯客和哲學家。莊子的友人。莊子在著作中經常提到惠施的思想。

2 郢：音一ㄥˇ，戰國時楚國的國都。故址在今湖北省江陵縣境。

3 宋元君：春秋時期宋國的國君。

詩佳老師説

　　郢人信賴石匠人的技術，才願意讓他削去自己鼻尖上的白灰，在利斧的揮動下，還能面不改色，郢人對石匠人的卓越本領，可說是推心置腹。莊子的故事不只是為了讚美石匠人的絕技，更為了說明擁有高超的技藝，還需要有不凡的對手配合，才能完美的達成任務，並以這個故事表達對惠施的哀悼與推崇。

　　本故事有兩層意義：一是說人必須勤學苦練，才能練成「運斤成風」。二是啟發我們在工作上要知人善任。俗話說：「棋逢對手，將遇良才。」又說：「知己難逢。」我們既要看到石匠人運斤成風的絕技，也要注意郢人的知人和膽識。「運斤成風」固然奇特，但鼻尖抹粉的郢人能面不改色，泰然自若的面對刀斧，更是不容易，倘若沒有他的膽識，這項表演絕對無法成功。

　　莊子與惠施，石匠人與郢人，彼此是對手也是知音，惟有深入的了解對方，才能如此堅信不疑。

名句經典

——棋逢對手，將遇良才（《西遊記》）

　　比喻旗鼓相當，實力難分強弱。晚唐時，有位和尚釋尚顏很愛下棋，因此與詩人陸龜蒙成為好友。陸龜蒙曾經考過進士，但沒有考中，後來對時局不滿而隱居起來，不受徵召。釋

尚顏非常懷念陸龜蒙，還作過一首詩，詩中有兩句：「事厄傷心否，棋逢對手無？」表達對這位棋友的同情和思念。

【漫畫經典】

我們是對手，也是知音啊！

惠施之墓

◆ 匠石想展現完美的技藝，還要對方願意信任和配合才行。

⓮ 涸¹轍²之鮒³

（戰國・莊周《莊子・外物》）

【經典故事】

　　潦倒的莊子，窮到連吃的食物都沒有了，便去向監河侯⁴借一點米糧。

　　監河侯聽了莊子的情況，連連稱「是」，而且很大方的說：「沒問題！我將要動身去向封地⁵收取租稅，等我拿到錢，再借給你三百兩銀子，好嗎？」

　　莊子不高興的變了臉色，說：「我昨天來的時候，在半路聽到呼救的聲音。回頭查看，才在車輛留下來的輪子痕跡裡，看見一條鮒魚。我問它：『鮒魚啊！你在幹什麼呢？』鮒魚說：『我本來是東海海神的大臣，現在卻淪落在乾掉的路面。好心人呀，你有沒有一升半斗的水，好讓我活命呢？』我說：『沒問題！我要去南方遊說⁶吳國、越國的君王，到時候引西江⁷的水來救你，可以嗎？』鮒魚不高興的變了臉色，說：『我失去了需要的水，沒有安身之地，

1　涸：音ㄏㄜˊ，失去水而乾枯。
2　轍：音ㄔㄜˋ，車輪在泥地輾過留下來的淺溝。
3　鮒：音ㄈㄨˋ，鯽魚。
4　監河侯：又作魏文侯，戰國時魏國的建立者。
5　封地：天子分封給諸侯，諸侯再向下面分封的土地。
6　遊說：以言語說動他人，使他聽從自己的主張。說，音ㄕㄨㄟˋ。
7　西江：蜀江。

只要得到一升半斗的水就可以活命了，而你竟然說這些沒有誠意的話，還不如早點到賣乾魚的市場找我吧！』」

詩佳老師說

　　莊子向富有的監河侯借一點糧，必定是走投無路了才會向人低頭，但監河侯卻開了一張空頭支票，說要等拿到錢以後才能借。此時莊子「忿然作色」，不斥責對方，反而開始說起故事來。他講了一則寓言反擊監河侯，說鮒魚在乾枯的車溝中，處境危急，需要的只是一點點水，如果千里迢迢跑去西江取水來救，遠水救不了近渴，魚終究會渴死。這是對那些空口說白話的人，強而有力的反擊。

　　故事描繪監河侯的形象，揭露了他「假大方，真吝嗇」的面目。文中以莊子「忿然作色曰」與鮒魚的「忿然作色曰」兩相呼應，先委婉的不直接痛斥監河侯，卻又藉著說故事，透過鮒魚的對話作為諷喻，既委婉、又辛辣，藝術手法高妙。揭示一個道理：當別人有困難時，先衡量自己的能力，然後誠心誠意的伸出援手，因為你的善心需要行動才能實現。

名句經典

──遠水救不了近火（俗語）

　　發生失火了，情況很緊急，卻大老遠的提一桶水來救火，這

怎麼來得急呢？比喻緩不濟急。眞正想幫忙的人，會把別人的危難當成自己的危難，立刻想辦法幫人解決問題，或是伸出援手。那種只是口頭上應付、不是眞心想幫忙的人，頂多動動嘴皮子，安撫、敷衍過去而已。眞誠與否，並沒有那麼難判斷。

【漫畫經典】

◆ 遠水救不了近渴，西江之水對鮒魚來說，只是欺騙的伎倆。

⑮魯人徙越[1]

（戰國・韓非[2]《韓非子・說林上》）

【經典故事】

魯國有一個人很擅長編織麻鞋，他的妻子則擅長編織做帽子用的生絹[3]，他倆賣的商品在魯國大受歡迎，因此企圖心越來越大。夫妻倆討論著：「我們都有一技之長，生意又這樣好，不如搬到越國去，好開拓更大的市場！」就決定移居到越國發展。

有個老朋友知道了，就來對魯人說：「如果你們夫妻倆搬到越國去，一定沒有出路！」他一副很篤定的態度。

魯人詫異的問：「為什麼呢？」

老朋友熱心的說：「你做鞋子是為了給人穿的啊！但是越國人卻習慣打赤腳走路；你老婆織絹是為了做帽子用的，給人戴在頭上，但是越國人卻喜歡披頭散髮，恰好都不需要麻鞋和絹帽這類東西。以你們夫妻倆的專長，搬到無法發揮你們專長的國家居住，想要不窮困，哪能辦得到呢？」

---

[1] 徙：音ㄒㄧˇ。遷移、搬家。

[2] 韓非：（約公元前280－前233年），韓國貴族，與李斯同為荀子的學生。有口吃，但善於著書，創法家學派。受秦始皇重用，但遭到李斯陷害致死。著有《韓非子》，內容說理精密，邏輯性強，寓言豐富，代表先秦寓言的成熟期。

[3] 絹：音ㄐㄩㄢˋ。質薄而堅韌的生絲織品。

詩佳老師説

　　這則寓言有兩種結局。第一個是，魯人搬去越國，只賣麻鞋和生絹，他們果然如朋友所説，變成窮人。魯人有一技之長，卻要去讓自己無用武之地的越國，作者告訴我們，在決定任何事以前都必須經過一番調查研究，要根據實際的需要來採取行動，如果只憑一廂情願，結果必定是失敗的。

　　第二個是，魯人回答朋友説，他想要主導消費市場，藉著介紹新商品來吸引越國人，不但可能改變越人的生活習慣，還能達到帶動流行的效果，這樣必能有所發展，成為富人。想一想，如果魯人夫妻到了越國，認真的了解當地人的生活習慣，就能針對這些習慣介紹穿鞋戴帽的好處，成為富人就不難了。

　　另外有個故事也這麼説：製鞋公司的老闆派兩個業務員去小島上賣鞋子，幾天以後，兩人都回來了。一個説：「那裡的人都打赤腳走路，我們的鞋子沒有市場，所以我就回來了。」另一個人説：「那裡的人都光著腳，所以我們的鞋子很有市場，我就回來準備帶一批貨過去賣。」如果你是魯人，你會怎麼想呢？

名句經典

──孟母三遷（成語）

　　孟子的母親為了激勵孟子勤奮好學，曾為了選擇適合的

居住環境而搬家三次，終於把孟子培養成一代大儒。同樣是搬家，魯人徙越應該向孟母學習，對自己想要的環境有清楚的了解和認識，然後再行動。即使搬錯了家，也可以學孟母那樣即時醒悟，終究會找到最適合自己發展的環境。

【漫畫經典】

◆倘若魯人從多方面設想，不墨守成規，就有意想不到的創新。

⓰ 濫¹竽充數

（戰國・韓非《韓非子・內儲說上》）

【經典故事】

齊宣王²愛聽音樂，也喜歡熱鬧的場面，每次想聽吹竽³，必定叫來三百個人一起合奏交響樂。

城南有個隱士南郭先生聽說齊宣王的愛好，就毛遂自薦⁴，請求為齊宣王吹竽。南郭先生說：「大王啊！聽過我吹竽的人沒有不感動的，我願意把我的絕技獻給大王！」齊宣王很高興，就直接將他編進三百人的吹竽隊中。從此以後，南郭先生就混雜在人群中吹竽，天天享受官府供給的山珍海味。

過了幾年，齊宣王死了，由兒子齊湣⁵王繼位。

齊湣王也和父親齊宣王同樣愛聽吹竽，可是他認為合奏的聲音實在太吵了，不如一人獨奏來得悠揚動聽。於是湣王發佈了一道命令，要樂師們一個一個輪流來吹竽給他欣賞。所有的樂師都十分興奮，希望藉著獨奏以得到君王的賞識。但是當天晚上，南郭先生就收拾行李逃走了。

---

1 濫：失真的，假的。
2 齊宣王：戰國時齊國國君。（？－西元前324年）名辟疆，齊威王之子。曾擊魏救韓，喜文學游說之士。在位十九年，卒諡宣。
3 竽：音ㄩˊ。古代的簧管樂器。
4 毛遂自薦：戰國時，秦兵圍攻趙國，平原君向楚求救，其門下食客名叫毛遂自願前往，並說服楚王同意趙、楚結盟。後來比喻自告奮勇，自我推薦。
5 湣：音ㄇㄧㄣˇ。

　　故事描述不會吹竽的南郭先生，混在吹竽的隊伍裡充數，好大喜功又昏庸的齊宣王竟然不辨真假，到死到都不知真相。齊湣王的形象正好和宣王對比。齊湣王明辨是非、詳查忠奸的作風，很快就會找到騙子，南郭先生只好聞風而逃，湣王明君的形象就被生動的勾勒出來了。

　　故事不但諷刺那些冒充有本事，卻沒有真才實學的人，也諷刺了昏聵不明的君王。同時告訴人們，弄虛作假絕對經不起時間的考驗，終究會露出馬腳來，如果像南郭先生那樣，專門靠詐欺混飯吃，在他人還不了解真相時，也許能蒙混一時，但最終還是逃不過殘酷的檢驗，而被揭穿虛假不實的偽裝。

　　還有另一種有趣的思考，試想，南郭先生也有他的本事，能在高手如雲的皇家樂隊中冒充而不被識破，必有過人的偽裝術；他能看透昏庸的齊宣王，針對喜好，大膽的毛遂自薦，更有高明的洞察力。然而騙術終有被揭穿的一天，我們想要獲得成功，唯一的辦法還是勤學努力，練就真本領，才能面對考驗。

名句經典

——魚目混珠（成語）

　　拿魚的眼睛來混充珍珠，因為兩者乍看之下頗為相似，在仔細的檢驗後，立刻就能真相大白，用來比喻以假亂真。生活

中常見到有人穿著光鮮亮麗，去應徵好的職位，混在人群中看起來能力頗強，但經過主考官單獨面試後，沒有真實本領的真相就會被揭露出來。我們為人、做事都應該腳踏實地，不要妄想魚目混珠。

【漫畫經典】

明天開始，
你們一個個獨奏
來聽聽！

◆ 只靠外表撐場面，內在沒有真本領的南郭先生，終究會露出馬腳。

⓱買櫝[1]還珠

【經典故事】

　　楚國有個珠寶商人，載了許多上等的珠寶到鄭國[2]販賣。

　　為了抬高價錢，也為了吸引顧客的注意，商人用堅固的木蘭[3]為珠寶製作了一個美麗的盒子，質料細膩、堅固，顏色相當美觀。他又在盒子上頭薰了桂花和花椒的香氣，然後用最高貴的珠玉來點綴它，又拿玫瑰色的美玉鑲在上面，用呈現絲緞般光澤的翡翠鑲在盒子的外緣。

　　商人選了一個熱鬧的地方，把珠寶裝在華麗的匣子裡，果然很快就圍滿了觀看的客人。他以為珠寶馬上就能夠賣出，但是每個人問的卻都是盒子的價錢。等了好久，終於有人向商人表示願意出高價了，但是他只要那盒子而不要珠寶，就把珠寶退回給商人。只能說，這商人很善於賣盒子，但不善於賣珠寶啊！

詩佳老師說

　　客人只盯著華麗的盒子，卻不要真正有價值的明珠，是因為對明珠沒有辨識能力，所以立刻將焦點轉移到金光燦爛的珠寶

1　櫝：音ㄉㄨˊ，匣子。
2　鄭國：國名。周朝諸侯國之一。故址位於今河南省新鄭縣。
3　木蘭：木名，木質細緻，質料堅固。

盒了。這個故事告訴我們，平日就要培養鑑賞力和明辨是非的能力，否則就會像「買櫝還珠」的客人那樣，做出捨本逐末的事。

而商人將商品過分包裝，使裝飾外表的價值高於明珠的價值，也讓真正想賣的商品被搶走了焦點。其實有些商人為了獲得利益，會故意過度包裝，這樣一來，商品的價格提高了許多，但是包裝的成本其實都算在客人的帳上。其實，商品是可以適當的裝飾，但真正的美麗卻不應有太多人工的雕琢。一個真正美麗的事物，並不需要任何外界的裝飾來襯托。

但從另一個角度想，這個客人欣賞的「價值」可能是盒子的工藝美，不一定是世俗所定義的價值，如果你認為客人是一位藝術收藏家，也不是不行。而賣珠的商人為了讓明珠更值錢，用華麗的包裝突顯商品，也是行銷常用的方法，也許盒子賣掉了，剩下明珠，去除掉裝飾，會更受其他識貨的客人賞識呢！

名 句 經 典

——反裘負薪（成語）

裘，皮衣；薪，柴草。有次魏文侯出遊，見路上一個人反穿皮裘，背著柴趕路。文侯問他：「你為什麼要反穿著皮裘背柴呢？」那人答：「因為我太愛惜皮裘上的毛，怕它被磨掉。」文侯說：「你難道不知道皮裘的襯裡要是被破壞了，毛就會脫落嗎？」這故事就如買櫝還珠一樣，都是在說一個人捨本逐末，邏輯產生了謬誤。

這匣子才是珍寶啊！

◆ 商品過度包裝的結果，可能使人忽略了商品本身的價值。

⑱ 自相矛盾

（戰國·韓非《韓非子·難一》）

【經典故事】

楚國有個賣矛[1]又賣盾[2]的生意人，他做生意時，都會先誇耀自己賣的盾：「我的盾造得很堅固，無論用什麼矛都無法穿透它！」眾人聽了都嘖嘖稱奇。

然後，他又洋洋得意的誇耀起自己賣的矛：「我的矛非常尖銳，無論用什麼盾都會被它穿破！」這說法吸引了更多客人的注意。

眾人正在議論紛紛時，忽然有個響亮的聲音從人群裡傳出來，問道：「我很想知道，既然你的矛和盾都是當世無雙，如果用你的矛去刺你的盾，會有什麼結果呢？」說話的這個人經過攤位，好奇的留下來聽了一會兒，終於忍不住開口。旁觀的人紛紛附和，大家都很好奇。

只見生意人睜大了眼睛，整個臉漲得通紅，紅到了耳根子裡，卻什麼話都答不出來了。

---

[1] 矛：長矛，古時一種長柄、頭裝有尖刀的兵器。
[2] 盾：防禦用的盾牌。

詩佳老師說

　　這世上沒有牢不可破的盾，當然也沒有無堅不摧的矛，楚人誇大了矛與盾，無非是為了貪圖私利而扭曲真相，結果陷入不能自圓其說的窘境。什麼都不能刺穿的盾，與什麼都能刺穿的矛，不可能同時存在世上。故事中的生意人犯了邏輯上的謬誤，這也是一般人常有的錯誤。你是否也做過哪些事，曾發生自相矛盾的情況呢？

　　矛盾的現象是普遍存在的，就像在人際關係裡，男生和女生經常對同一件事情的認知產生矛盾，比如說發生事情時，多數男生想到的是怎樣快速理性的解決問題，很多女生需要的卻是情緒上的安撫，男女因此常常發生「你／妳不能了解我」的誤會；主管和屬下也常有利害關係的矛盾，主管需要能幹的屬下，但屬下若是太能幹了，主管又害怕被超越。

　　雖然有矛盾就容易有衝突，但不見得是件壞事。矛盾其實象徵了事物的進步與發展，能夠認識矛盾，積極的分析、研究和解決，才能讓事物、讓人我之間的關係，化矛盾為和諧。

名句經典

——矛盾相向（成語）

　　意思就是拿矛與盾相互敵對。比喻針鋒相對。在辯論場、法庭、電視的政論節目中，經常可以看到人們在言詞上針鋒相

對，每個人都拿自己的矛刺對方的盾，倘若雙方實力相當，永遠都無法裁判輸贏。有人說「真理越辯越明」，事實上，真理是真實不變的道理，並不是靠針鋒相對而來的。

【漫畫經典】

◆做生意自誇過分了，自相矛盾的結果，就是無法自圓其說。

⑲ 守株待兔

（戰國・韓非《韓非子・五蠹》）

【經典故事】

宋國有個農夫每天辛勤耕作，但是他的田地中間有個障礙物，那是一截斷掉的樹椿[1]，雖然有點礙眼，但也從來不會動念去剷除它。

直到有一天，有隻跑得飛快的野兔竟然一頭撞在樹椿上，當場扭斷脖子死了，軟趴趴的倒在地上。農夫高興得撿了起來，這對他來說，簡直就是天上掉下來的禮物、老天爺賞賜的野味！於是，他提著兔子興沖沖的回家，對老婆和左鄰右舍炫耀，所有人都說他幸運極了。

從此以後，農夫就不再種田了，他丟掉手中翻土用的耒[2]，天天守在樹椿旁邊，盼望能再得到一隻免費的兔子。可惜，他再也等不到這樣自投羅網的野兔了，不但如此，他的田地也荒廢到完全無法耕作的地步。

宋國的人聽說了，都嘲笑他的愚蠢。

1　樹椿：樹木被鋸去樹身後所剩的根部的一段。椿，音ㄓㄨㄤ。
2　耒：音ㄌㄟ∨，古代用來翻土的農具。

詩佳老師說

戰國時期的思想家韓非子，提醒君王治理人民要建立適當的政策，不可刻板的遵循舊法，而不管適不適合當前社會。他說了「守株待兔」的故事說明這個道理，同時諷刺當時政策的腐敗和官員的愚笨，他們用舊法來治理國家，就會像故事中的農夫一樣徒勞無功。

農夫的錯誤，就是把偶然發生的事，當成絕對會發生的。要知道，從天上白白掉下來餡餅，這種事是絕對不可能發生的，除非有人乘坐飛行工具，刻意從上面丟下餡餅，然後事先安排讓人在地面上接住，但那也不可能是經常有的機會。想得到回報，就該自己創造機會，而不是留在原地空等待。故事告訴我們，只有透過努力才能有所收穫，否則將一無所獲。

除此之外，「守株待兔」也能用在好的地方。試想，如果農夫可以先觀察，掌握兔子經過田地的時間，在兔子必經之地設下陷阱，等兔子掉入，也是個好辦法。又譬如戰爭時，某條路是敵軍的必經之地，只要設下陷阱「守株待兔」，便可將敵軍手到擒來。

名句經典

——以逸待勞（成語）

意思是採取守勢，養精蓄銳，等待敵方疲倦、實力削弱時，再予以痛擊。以逸待勞不像守株待兔，傻傻的在原地乾等，被動的等獵物上門，而是主動謀劃、故意採取守勢，等待

對方露出弱點以後，再做攻擊。兩種態度一個愚昧、一個智慧，正是個有趣的對比。

【漫畫經典】

◆農夫把兔子偶然撞樹，當成每天會發生的事，妄想不勞而獲。

⓴ 畫蛇添足

（《戰國策[1]·齊策》）

【經典故事】

楚國有個掌管祭祀儀式的官員，在祭祀完成以後，把一杯酒賞賜給前來幫忙的門客[2]，但是只有一杯酒，大夥兒不知該怎麼分。

門客們互相商量，最後做出決定：「幾個人喝這杯酒，一定不夠，要一個人喝這杯酒才夠！這樣好了，我們來一場比賽，大家各自在地上畫一條蛇，第一個畫好的人就可以喝下這杯酒。」所有人都覺得有趣，立刻蹲下來畫蛇。

有一個門客快手快腳的，第一個就把蛇畫好了。他一個箭步搶到酒杯，拿在左手準備飲酒，神情自得，右手還在地上繼續畫著，得意揚揚的說：「嘿，我不但已經畫好了，還可以幫蛇加上四隻腳呢！」

這時，另一個人的蛇也畫好了，那人站起來，一伸手，就把門客手上的酒搶過來了，指著地上說：「蛇本來是沒有腳的，你怎能多畫四隻腳呢？那根本就不是蛇，你沒資格喝這杯酒！」隨即笑嘻嘻的將酒一飲而盡。

畫蛇添足的人，最後還是失去了那杯酒。

---

1 戰國策：記述了戰國時遊說之士的策謀和言論，包含東周、西周、秦、齊、楚、趙、魏、韓、燕、宋、衛、中山等十二國國策。寓言數量多，風格上，政治性、現實性、口語性強，情節有趣，比喻巧妙。

2 門客：門下的食客，手下辦事的人。

詩佳老師説

　　故事的情節很有趣，一杯酒怎能讓那麼多人共飲？看來只有用比賽分出勝負，讓一人獨飲了。比賽方式是「畫地爲蛇」，所有人都認眞作畫，偏偏有人先將蛇畫好了又不滿足，還爲蛇加上了腳，這樣就不合比賽的要求了，最後輸掉本該屬於自己的那杯酒。

　　作者將人物的形象刻劃得生動有趣，畫蛇添足的人得意揚揚，誇耀「吾能爲之足」，但他連蛇沒有腳的常識都弄不清楚，這是對驕慢無知的人最辛辣的諷刺，雖然情節簡單，寓意卻豐富而深刻。後人便用「畫蛇添足」比喻節外生枝，提醒人們，做任何事情都要實事求是，不要自作聰明，否則可能會把事情搞砸了。

　　畫蛇添足是如此，另一句「畫龍點睛」呢？畫龍點睛是指在寫文繪畫、說話做事時，懂得掌握關鍵和重點，它的意思是，要做一個懂得觀察整體、懂重點的人，不要「畫蛇添足」，兩個詞語的意義正好相反。

名句經典

——多此一舉（成語）

　　做完了應該完成的事以後，又多做了不必要的、多餘的事，就是俗稱的「雞婆」，形容人多事。另外一句歇後語是「脱褲子

放屁，多此一舉」。會有這樣的舉動，通常是因為太過得意忘形了，失去了冷靜與智慧的判斷力，又想表現自己的能力，才會做了多餘的事，這樣的心態，值得我們反省與深思。

【漫畫經典】

蛇沒有腳，
你沒資格喝酒！

◆ 得意忘形和自作聰明的行為，使人輸掉的，將不只是一杯酒。

㉑ 狐假虎威

（《戰國策・楚策》）

【經典故事】

　　一頭威猛的老虎在山中尋找野獸，打算飽餐一頓，牠花了很多時間尋尋覓覓[1]，終於將目標鎖定一隻看起來十分「可口」的狐狸。

　　狐狸被老虎盯上了，嚇得全身不停發抖，在危及之間，忽然，靈光一閃，就對老虎說道：「哼，如果你知道真相，絕對不敢吃我。你以為自己是萬獸之王？錯了！我才是上天派來掌管百獸、要當領袖的萬獸之王，如果你吃掉我，就是違背上天的旨意！不相信我嗎？看你猛搖頭的模樣真是蠢死了。這樣好了，讓我走在前面，你跟在我後頭進入森林，看看動物們見到我，是不是避之惟恐不及？」

　　老虎心想：「我姑且試試，量這小子也玩不出什麼花樣。」就和狐狸走在一起。果然動物一見到牠們，紛紛沒命似的四散奔逃，像一陣風般很快就不見了，只留下平靜而幽暗的森林，和動物逃走時掉下來的羽毛和落葉。

　　老虎不知道動物們是怕自己才逃走的，還以為是怕狐狸呢！

1　尋尋覓覓：不斷的到處尋找。覓，音ㄇㄧˋ。

詩佳老師説

　　讀了這則故事，湧現了許多問題，比如說，狐狸爲何藉老虎的威風？是爲了嚇跑百獸滿足虛榮心，還是爲了逃離虎口？或是有別的意圖？狐狸作爲食物被老虎捕獲，面臨殘酷的生存危機，這時除了丟出險招，還能怎麼做？狐狸選擇的是「假虎威以自救」，牠的生存之道，閃爍著智慧的光。

　　但是進一步想，狐狸藉著老虎的威風，能在森林中嚇唬別人，讓自己逃離了虎吻，可是一時的機智，恐怕不能遮掩自身的弱點太久，把戲一旦老套了，不幸被揭穿，非但會受到群獸的圍攻，還會被受騙的老虎吞吃。所以必須先洞悉老虎的愚昧，在準確了解對方的基礎上，用天衣無縫的語言欺騙敵人，才會成功。

　　「狐假虎威」後來當作負面的含意，比喻藉著別人的勢力欺壓人。故事中的狐狸借老虎的威風嚇跑了百獸，反映現實中有些人借助權勢恫嚇人們的現象。在現實中，所有性格狡猾、奸詐的人，總是喜歡說謊話，裝腔作勢，他們雖然能得意一時，但本質上仍舊不堪一擊的。

名句經典

──驢蒙虎皮（成語）

　　驢子披上了老虎的皮，百獸都很怕它，不敢靠近它。驢子很高興，於是每次出去都披著虎皮，想要嚇唬百獸。有天遇到

了真老虎，老虎以為是同類，就與驢子一起走，驢子很害怕，大聲嚎叫，就丟下虎皮逃跑了。這句成語和狐假虎威有異曲同工之妙，比喻倚仗他人的權勢來嚇唬人或欺壓人。

【漫畫經典】

我才是萬獸之王！大家都怕我！

◆狐狸假借老虎的威勢，成功的讓自己脫離了險境。

㉒ 驚弓之鳥

（《戰國策・楚策》）

【經典故事】

　　神射手更贏[1]與魏王站在高臺下，抬頭看見飛鳥從頭頂掠過。

　　更贏笑著對魏王說：「大王，我能不放箭、只拉弓，僅僅靠弓弦的聲音就可使鳥兒掉下來。」魏王不相信，質疑道：「怎麼可能！你射箭的技術，真的可以這麼高超嗎？」更贏自信滿滿的說：「能！」

　　遠遠望去，正有隻孤雁從東方飛來。更贏放下箭矢，算準了距離拉滿弓，就朝著天空虛射一箭，弓弦發出響亮的聲音，大雁果真應聲落下，立刻就有僕人撿來呈上。

　　魏王看著雁，它的身體並沒有箭傷，只是摔斷了頸子而已。魏王簡直不敢相信自己的眼睛，驚呼道：「難道箭術真的可以達到這麼高的境界？」

　　更贏微微一笑，解釋道：「大王，其實這隻鳥曾經受過箭傷，所以再度聽見弓弦的聲音，就驚嚇的掉落下來，並不是因為我的箭術高明。」

　　魏王更納悶了：「先生怎知道它受過傷？」

　　更贏回答：「您回想一下，方才它飛得那麼慢，又一邊發出哀

---

[1]　贏：音ㄌㄟ∨。

鳴。慢，是因為舊傷疼痛；悲鳴，是因為孤單很久了，而且舊的傷口還沒癒合，驚魂未定。在這些因素下，自然聽見弓弦聲就拼命展翅高飛，造成舊傷復發而掉落下來了。」

詩佳老師說

　　曾經受過驚嚇的人再遇到類似的情境，就會非常害怕，這是基本常識。更羸就是根據常識，加上細膩的觀察、分析和判斷，得出「驚弓之鳥」的結論，而演出虛拉弓弦就能射落大雁的「高超箭術」。更羸這種觀察、分析、判斷的能力，只有長期努力的學習和累積經驗，才能夠培養出來。

　　鳥會「驚弓」，是動物的本能，更羸巧妙的掌握了它們的習性，運用豐富的狩獵經驗，從大雁飛翔的速度和鳴聲中，判斷動物的內在心理。其實生活中的現象，都蘊含了能揭露出內在的線索，只不過，我們必須由外而內仔細去分析，才能掌握問題的關鍵，不管是射雁、求學、工作或做人都是如此。

　　受過創傷所得到的經驗教訓，深刻而珍貴。如果要從創傷中提煉出寶貴的教訓，就必須痛定思痛，深刻的反省，培養鬥志，使傷口在肉體和精神上都癒合了，再重新出發。否則，創傷只是表面的癒合，但心靈並沒有恢復，很容易就變成「驚弓之鳥」，更不堪打擊了。

名句經典

──心有餘悸（成語）

形容危險不安的事情雖然過去，但回想起來心裡還是感到緊張、害怕。那是因為心理上受到嚴重的創傷，留下了陰影，所以只要處於類似的情境，人就會變得非常敏感和容易受傷。最好的方法就是先療癒自己，等待傷口癒合了，才能從內心產生出力量來，使心理素質更堅強。

【漫畫經典】

我靠弓弦的聲音就能使鳥落下！

◆ 更贏細膩的觀察、精準的分析和判斷，使「驚弓之鳥」手到擒來。

㉓南轅北轍

（《戰國策・楚策》）

【經典故事】

　　魏王是個企圖心強烈的君主，近來興起攻打趙國的國都邯鄲[1]的念頭。

　　在外奔波的大臣季梁聽到這件事，立刻半路折返，顧不到整理衣服上的皺摺，也來不及拍去頭上的塵土，急急忙忙面見魏王，說：「臣今天回來時，看見有人往太行山去，他朝北方走，拿著馬的韁繩駕車，說要前往楚國。我問他：『你要到楚國，爲什麼往北走？楚國在南方！』他說：『我的馬腳力好。』我勸他：『馬雖然好，但這不是去楚國的路啊！』他又說：『我的旅費充足。』我又勸他：『你的旅費再多也沒用，這不是去楚國的路啊！』他又說：『我的車夫技術好。』就算這樣，但方向完全錯了，只會離楚國越來越遠。」聽到這裡，魏王像是有所領悟的點點頭。

　　季梁又道：「大王想完成霸業，一舉一動都要取信天下人，才能眾望所歸。但現在魏國認爲自己國力強大，軍隊精良，就決定攻打邯鄲，想擴充領土、抬高聲望。恐怕這種不合理的行動越多，就離建立王業的道路越遠，就像去楚國卻往北走一樣錯誤。」

---

[1]　邯鄲：音ㄏㄢˊㄉㄢ，趙國的國都，在今河北邯鄲市。

詩佳老師說

轅，是車前用來套駕牲畜的兩根直木，左右各一。轍，是車輪輾過所留下的痕跡。轅向南，轍向北，比喻行動與目的相反，結果只會離目標越來越遠。

戰國的後期，曾經雄霸天下的魏國國力逐漸衰退，可是國君安釐王圉[2]仍然想出兵攻打趙國，顯然是想藉著戰爭壯大魏國。季梁為了打動魏王，便現身說法，說了一個「南轅北轍」的故事，告訴魏王這樣的行動是行不通的。在文中可以見到，季梁並沒有提醒魏王「國力衰退」的事實，而且戰爭的結果有可能輸得更慘，這是委婉的技巧，先維護君王的尊嚴，君王才容易聽得進他的建言。

為了曉喻他人，我們說的故事並不一定非得真實，有時候需要編造故事當成自己的「親身經歷」，讓故事更生動、更有說服力。季梁說服魏王就是用這種方法，就更容易打動對方了。

名 句 經 典

——背道而馳（成語）

背道而馳和南轅北轍都有「彼此相反」的意思，但「南轅北轍」通常是比喻人的行動和目的剛好相反，而且反差很大，

---

2 圉：音ㄩˇ。

背道而馳略有不同。背，背向的意思；道，指道路；馳，奔跑。整句是「朝相反的方向跑去」，比喻方向和目的完全相反或背離正確的目標，朝相反方向走。

【漫畫經典】

◆ 季梁指出，選定正確的方向，才是決定事業成敗的關鍵。

㉔螳臂當車

（西漢・韓嬰[1]《韓詩外傳》卷八）

【經典故事】

齊莊公有一次乘車去打獵，路上車子忽然停了，他見到一隻小小的蟲子就在道路中央，伸出兩條臂膀似的前腿，姿態英武極了，似乎想阻擋前進中的車輪，好跟車子較量一番。

齊莊公好奇的探身問駕車的人：「這是什麼蟲子？」駕車的答道：「大王，這蟲子叫作『螳螂[2]』。小蟲子看見車子來了，只知道勇猛向前，卻不知道趕快退避，不衡量自己的力量就要跟敵人打仗，小心給車子輾斃了。」齊莊公卻大聲笑說：「別看輕這隻蟲子，想想看我們人吧！如果都拿出螳螂的精神做人，必定能成為天下最出色的勇士。繞道走，別傷害它！」於是駕車的人迂迴的繞過小螳螂，從路旁走過去了。

這件事情很快就傳揚開來，人們都說齊莊公敬愛勇士，遠方許多勇敢的武士和奇才異能之輩，都紛紛前往齊國歸附於莊公，為齊國效力。

---

[1] 韓嬰：著有《韓詩內傳》和《韓詩外傳》，南宋以後僅存《外傳》。其中的寓言多來自先秦諸子書，少有獨創作品。

[2] 螳螂：動物名。一種昆蟲。全身呈綠色或土黃色，體長，腹部肥大，頭是三角形，前胸延長如頸，前肢作鐮形，有棘刺，便於捕獲他蟲。因捕食害蟲，有益農業，屬於益蟲。

「螳臂當車」的故事，在《莊子·人間世》與劉安的《淮南子·人間訓》、韓嬰的《韓詩外傳》中都有記載，但諷喻目的不同。《莊子》是比喻人做事如果不自量力，必然失敗。《淮南子》說軍隊的勇士們聽了這件事，都懂得該如何盡心的保衛國家。《韓詩外傳》則給予齊莊公之類的領導者啟示，呼籲要尊重和珍惜眞正的勇士，天下的勇士就會前來效力。

在莊子的眼中，螳螂的自不量力難以當重任，這是告誡世人，像螳螂那樣弱小的人，一旦跟別人眞槍實彈較量，沒有不失敗的，畢竟先天上就處於弱勢。但是在齊莊公的眼裡，螳螂卻是個英雄，憑著弱小的血肉之軀，竟然敢和龐大的車子對抗，勇氣可嘉。齊莊公避開螳螂繞路而行，是因爲尊重勇士，因爲他看見小螳螂的偉大，這就是「逆向思考」的例子。

一隻小螳螂的舉動，不同的人就有不同的看法，同一個故事像這樣經過輾轉引用之後，根據說故事的目的、諷喻對象的不同，就能產生不同的寓意，這是寓言具有豐富內涵的特點。

名句經典

──以卵擊石（成語）

墨子前往齊國，途中遇見一個算命先生，他對墨子說：「你不能往北走，你皮膚黑，去北方不吉利！」墨子不信，繼

續朝北走。但不久他又回來了，因為北邊的淄水氾濫，無法渡河，算命先生很得意。墨子微笑說：「鬧水災，所有人都過不去，有皮膚黑的，也有皮膚白的，大家都過不去呀？你的謬論是抵擋不過真理，好比拿雞蛋碰石頭，把天下的雞蛋全碰光了，石頭還是毀壞不了。」算命先生聽了也無法辯駁。後來比喻自不量力，結果必然失敗。

【漫畫經典】

螳螂無懼大車，是真勇士啊！

◆ 勇氣的力量，是小螳螂能夠超越形體限制的主要原因。

㉕ 塞翁失馬

（西漢·劉安[1]《淮南子·人間訓》）

【經典故事】

　　邊塞[2]附近有個老人家精通算命，他能藉著觀察自然現象推測個人和國家的禍福。這一天，他的馬無緣無故逃到胡人的領土，追不回來了。所有人都對老人表示惋惜。但老人說：「失去了馬，怎麼就不是好事呢？」村民都感到納悶。

　　幾個月後，老人的馬竟然帶著幾匹胡人的駿馬回來了。所有人聽到走失的馬竟然能帶回來其他的馬，都紛紛跑去向他祝賀。老人卻說：「得到了馬，怎麼就不是壞事呢？」聽到的人都摸不著頭腦[3]，覺得老人真是糊塗了。

　　老人家裡養著許多好馬，他兒子常用來練習騎術。有一次兒子騎馬時，不小心從馬背上掉下來，摔斷了大腿。所有人都安慰老人，為他兒子的遭遇感到難過，不過老人竟然說：「腿斷了，怎麼就不是好事呢？」村民更覺得老人已經老糊塗了，他兒子將來可能會變成跛腳，怎麼會是好事？

　　過了一年，胡人大舉入侵邊塞地區，政府命令邊塞附近的青壯

1　劉安：西漢思想家、文學家，世襲淮南王。劉安和門客蘇非、李尚、伍被等人著有《淮南子》，又稱《淮南鴻烈》，善用歷史故事、神話傳說和寓言來說理，有些寓言立意新穎，堪稱佳作。

2　邊塞：國家邊界險要之處，多軍隊駐守。塞，音ㄙㄞˋ。

3　摸不著頭腦：理不清楚頭緒、想不通道理。

年男子，都要拿起弓箭作戰。兩軍交戰，從軍的年輕士兵大多數都死了，只有老人的兒子因為跛腳而免於征戰，能在家中侍奉父親；有了兒子盡心奉養，老人也就能夠安享天年，父子倆的性命都得以保全了。

詩佳老師說

老子說：「禍兮福之所倚，福兮禍之所伏。」世事往往福成為禍，禍變成福，禍與福互相依存，可以互相轉化。壞事可能引出好的結果，而好事也可能招來壞的結果，禍福之間變化無窮，深不可測。

人世間的好事與壞事都不是絕對的，在一定的條件底下，矛盾的雙方可能會產生「轉化」，將好、壞的結果調轉。至於怎樣才會發生轉化，就要看客觀的條件才能決定。就好比故事中老人的兒子摔斷腿，表面上看來是壞事，誰知道國家發生戰爭，兒子可以免去兵役，摔斷腿又成了好事。假使沒有這場戰爭，也可能有其他的事使斷腿變成好事。這告訴我們，人要用平常心來看待禍福。

如果我們換個角度顛覆故事的主旨，又會產生新的觀點。比如「覆巢之下無完卵」，兒子雖然摔斷腿不必打仗，但如果國家輸了這場戰爭，恐怕所有的人都很難倖免於難，畢竟國家的興亡，牽動了許多微小個人的命運。

——因禍得福（成語）

　　意思是原本遭遇災禍，後來對禍患處理得當，反而從壞事中得到了好處。之所以會這樣讓壞事起死回生，往往是因為人的心態改變了，一般人遭遇到壞事時，沮喪、挫折、低潮等種種情緒，就使人心頭如一團亂麻，無法理性思考。但如果冷靜下來，打破成見，換個角度想，就有可能從壞事中找到一條出路。

【漫畫經典】

◆ 「塞翁失馬，焉知非福」，人生禍福難料，應該以平常心面對。

㉖景公善聽

（西漢·劉向[1]《說苑·君道》）

【經典故事】

晏子逝世十七年以後，有一天，齊景公請大夫們喝酒，趁著酒酣耳熱、一時興起，有人就提議射箭助興。齊景公射了一箭，卻偏離了箭靶沒有射中，在場的官員們紛紛叫好，讚美之詞說得震天價響，如出一人之口。

齊景公的臉色忽然陰沉下來，他嘆著氣，一揮手，就將弓箭丟掉了。

這時，弦章進來了。景公說：「弦章！自從我失去晏子，已經十七年了，這麼多年來，我從沒聽到有人批評我的過錯。今天射箭偏離了箭靶，還是聽到一片叫好聲，是他們都看走眼了？還是我的箭術真的很好？」說罷，長嘆了一口氣。

弦章微微一笑，答道：「這是那些臣子沒有才能啊！以他們的智慧和能力，無法知道您的錯誤，而且他們也沒有勇氣觸犯您的君威。但是有一點要注意，我聽說：『君王喜好什麼顏色，臣子就會穿那顏色的服裝；君王喜歡吃什麼，臣子就吃什麼。』就像尺蠖[2]

1　劉向：（西元前77－前6年），著有《說苑》，內容在闡明儒家的政治思想和倫理觀念。其中的寓言多來自先秦諸子書，也有作者獨創，並使寓言獨立成篇，不再只是辯論說理的工具。

2　尺蠖：動物名。尺蠖蛾的幼蟲，寄生於樹木間，以枝葉花果為食。行動時身體上拱，屈伸而行，樣子就像人以手丈量距離，故稱為「尺蠖」。蠖，音ㄏㄨㄛˋ。

這種小蟲專門吃黃色的植物，身體就會變黃色，吃綠色的植物，身體就是綠色的。您身邊大概有不少諂媚的人在說話吧？」

齊景公大為讚賞，說：「好個弦章！你真有資格作為我的老師！」

詩佳老師說

弦章點出大臣們阿諛奉承的原因，是因為他們沒有能力知道君王的錯誤，就算知道了，也沒有勇氣指出來。君王的喜好，也決定了諂媚者的存在，如果君王不喜歡人諂媚，身邊的人自然不敢以諂媚求得好處。

故事後來說，齊景公將五十車的魚賜給弦章，弦章回家時，裝魚的車塞滿了道路，但是弦章卻拍著車夫的手說：「從前那些只說好話的人，都是想得到魚的，所以過去晏子謝絕賞賜，才有立場指正君王。我輔佐君王並沒有比別人出色，卻接受賞賜，這和諂媚的人沒什麼不同啊！」於是謝絕了齊景公送他的魚。

弦章的廉潔，是晏子遺留下來的德操，雖然賢能的晏子過世了，但是弦章的德操也可以與之比美。故事以晏子、弦章互相對照，襯托弦章是晏子的繼承者，使這個充滿智慧的賢人形象，躍然於紙上。

名句經典

——巧言令色，鮮矣仁（《論語·學而》）

　　這是孔子的話，意思是把話說得很動聽，臉色裝得很和善，可是內心卻一點也不誠懇，這種人其實是缺少了仁愛之心。孔子思想的核心是「仁」，仁的反面是花言巧語，工於辭令。儒家崇尚質樸，主張說話應該謹慎，重信用，反對說話、做事輕浮膚淺，或只停留在口頭上。故事中的齊景公同樣也注重人的實際行動，主張人應當言行一致，避免諂媚的言詞。

【漫畫經典】

◆人性的趨向是聽好聽的話，但是「真話」絕大多數都不好聽。

㉗葉公好龍

（西漢・劉向《新序・雜事》）

【經典故事】

葉公[1]非常喜歡龍。傳說龍可以隱形，會在春風吹起時登上天際，秋風來時，又潛入深淵，還能興雲致雨，掌管天氣的變化。龍同時也是皇權的象徵，所以葉公喜愛極了，不但在用來掛裝飾品的衣帶鉤上面畫龍，在平常使用的酒器上畫龍，連房屋的窗戶、柱子上雕鏤裝飾的花紋也是龍。

葉公這麼愛龍，被天上的真龍知道以後，也感到很好奇，某天就從天上輕飄飄的降臨到他家裡，想和葉公見個面。真龍伸長了龍頭在窗戶外面探頭探腦的，還將龍尾拖到了廳堂裡，好奇的在房子內外四處遊走，心想：「人類好可憐啊！住在那麼小的房子。」真龍的出現，把屋裡的人嚇得魂不附體，紛紛走避。

葉公一看是真龍，也害怕得轉身就跑，躲回屋子裡，魂魄都要飛了似的，臉色發青，身體不由自主的發著抖。真龍高興得在葉公面前搖頭擺尾，葉公卻承受不了驚嚇，昏倒在地上。

由此看來，葉公並不是真的喜歡龍，他喜歡的只不過是那些長得像龍、卻不是真龍的東西罷了。

1　葉公：春秋時的楚國貴族，名沈諸梁，字子高，封於葉，故稱葉公。

詩佳老師說

　　這個故事是子張[2]見到魯哀公時說的。魯哀公經常對人說自己非常渴望人才，多麼喜歡有知識才幹的人。孔子的學生子張聽說了，就風塵僕僕的來到魯國，求見魯哀公，期望得到國君的重用。但是子張在魯國住了七天，卻等不到魯哀公。原來魯哀公說自己愛才，只是學學別的國君這麼說而已，對子張的求見根本不屑一顧。這讓一心想求官的子張很失望，於是講了「葉公好龍」的故事，並讓車夫轉述給魯哀公聽，就悄然離去了。

　　龍既然有如此崇高的地位，誰能不喜愛它呢？然而有人喜愛龍，並不是發自內心的愛龍，只不過人云亦云而已，就像葉公好龍和魯哀公愛才一樣。有些人表面上愛好某事物，實際上並不真愛，或者實際上不了解某事物，一旦真正接觸，不但不愛好，甚至還會懼怕它，因為不是真正的喜愛，就無法面對真正的現實。

名句經典

——名不符實（成語）

　　名，名稱的意思；符，指相稱、相符合。當名聲和實際不相符，就是空有虛名。也通「名不副實」、「名不當實」。社

2　子張：孔子弟子。（西元前503－？）姓顓孫，名師，字子張。春秋陳國人。因個性狂傲，不能守仁，故同窗同學皆敬而遠之。

會其實充斥了名不符實的現象，在講究商業包裝的時代，許多真實的面貌都掩蓋在精緻美麗的包裝下，迷惑人的耳目，除非自我內在有深厚的底蘊，充實自己，培養洞察力，才能看穿葉公好龍或魯哀公愛才的真相，否則很容易就迷失在華麗的假象之中。

【漫畫經典】

◆只是想像的喜愛，並非真正的愛，無法面對殘酷現實的考驗。

㉘對牛彈琴

（西漢・牟融《理惑論》[1]）

【經典故事】

公明儀帶著琴來到郊外的田野散步，暖暖的春風將青草香送入他的鼻端，空氣間都是草的芬芳。他席地而坐，將琴放在面前，手一揚，便彈奏了起來，琴聲悠揚，妙音靜心，使人聞之沉醉。公明儀不愧是魯國著名的音樂家，在他手指的撥弄下，琴聲宛如在青山綠水間飄盪，緩緩的在時光中流動。

等一曲彈畢，公孫儀環顧四周，發現不遠有一頭大公牛正低著頭吃草。他興致來了，突發奇想的要為這頭牛演奏一曲，於是撥動琴弦，彈奏了一首高雅的《清角之操》[2]曲，在高華悠雅的樂聲中，彷彿見到草地上開了數不盡的野花，輕輕地隨風搖曳。雖然曲子非常動聽，但吃草的牛兒卻不動如山，仍然靜靜的低頭吃草，顯然，牛雖然能聽到琴音，卻不能理解曲中傳達的美妙意境。

公明儀無奈的看著牛，沉吟了一會兒，像想到了什麼，忽然揮手撫動琴弦，彈出奇怪雜亂的聲音，有的像嗡嗡的蚊子聲，有的像

1　理惑論：作者牟融（西元？-79年），字子優，著有《牟子》二卷，又稱《牟子理惑論》、《理惑論》，是中國最早的佛教論書。全書採用客主問答的形式，問者對佛教提出種種疑問和責難，牟子則引經據典逐一加以解釋或辯駁，在一問一答之間闡述了佛教的義理。

2　清角之操：古代的名曲。中國聲樂指宮、商、角、徵、羽五個音階，角為五音之一。角，音ㄐㄩㄝˊ。

迷路的小牛發出來的叫聲。奇妙的是，牛竟像突然醒過來似的，搖搖尾巴，豎起耳朵，小步走近聽了起來。

詩佳老師說

　　對不懂道理的人講道理，只是白費口舌而已，就像公明儀對著一頭牛彈琴，對牛來說，再美妙的琴聲都是沒有意義的，牛怎會聽得懂樂理呢？其實公明儀為牛彈奏古雅的《清角》琴曲，牛依然埋頭吃草，並不是牠不想聽，而是曲調不合牠的耳，如果能夠彈奏牛聽得懂的音樂，即使是牛，也可以成為知音。

　　在生活中，我們常遇到「對牛彈琴」的狀況，像許多父母與孩子在溝通上有問題，人與人之間互不了解所產生的問題，我們自以為很努力在跟對方溝通，但對方所理解到的訊息，真的和我們的差距很大，這多半是因為各自用自己的語言說話、各有各的想法，因此不能使對方了解自己。

　　故事中，聰明的公明儀最後改彈奏牛聽得懂的蚊子聲、小牛叫聲，牛才聽得懂琴音，這給了我們另一種思考，也許當我們遇到聽不懂道理的人時，不妨換位思考，用對方能聽得懂的語言來溝通吧。

——徒勞無功（成語）

　　指人做事時白白浪費精力，結果卻沒有獲得效益。典故出自《莊子・天運》：「推舟於陸也，勞而無功。」意思是在陸地推著小船前進，只是徒然浪費許多勞力，小船卡在陸地卻不能前進。不論做人或做事都一樣，應該順勢而為，把精力用在正確的地方。比如故事中的公明儀，彈很久的琴給牛聽，都不是牛想要的，牛只對自己熟悉的聲音感興趣。切中道理，就能事半功倍了。

【漫畫經典】

◆ 只要能彈奏出牛聽得懂的音樂，照樣能得到牛的欣賞。

㉙ 仕數不遇

（東漢・王充[1]《論衡・逢遇》）

【經典故事】

有個讀書人一生想當官都沒有得到賞識，現在他是個老人了，滿頭的毛髮和下巴的鬍鬚都斑白了，恐怕再也沒有做官的機會，這天他走在路上，就突然站在路邊哭了起來。有個路人經過，很詫異的問他：「您為什麼哭泣？」

老人舉起袖子抹抹眼淚，答道：「這麼多年以來，我好幾次求官都得不到任用。現在想到自己已經年老，失去機會了，所以傷心落淚。」

路人又問：「您為什麼連一次都得不到賞識呢？」

老人滿臉愁容，猶豫了一會才說：「唉，我年輕時苦讀經史，後來學問有成了，就想靠本事謀個官職，沒想到，當時的君王認為老人經驗豐富，喜歡重用老年人，我就沒機會了。君王死後，繼位的新君又喜歡重用武士，說武藝可以強國，於是我改學武術，誰知道武功才剛學成，君王又死了。現在新的君王剛即位，聽說很喜歡用年輕人，然而我已經老了，所以一生都沒有得到賞識。」說完，又感傷起來。

路人聽了直搖頭，嘆道：「做官是要靠機運，不能強求的。」

---

[1] 王充：（公元27－約97年），字仲任。家貧無書，在洛陽書肆中閱讀自己賣的書，後來博通古今。著有《論衡》，探討哲學、政治、宗教、文化等問題。其中的寓言多能點出世俗的荒謬，富於智慧。

詩佳老師說

故事裡，讀書人的遭遇反映了古代選拔人才的弊病，只憑統治者的主觀好惡來決定，君王或是愛文、或是好武，或是尊老、或是愛少，沒有固定的制度和嚴格的保障，在這種情況下，不知道埋沒了多少人才。

就算在有考選任用制度的現代，當官何嘗不需要機運？考試有考運的問題，升遷也有競爭的壓力，就算想迎合長官、總統的喜好，也不一定有用，因為「人主好惡無常」、「伴君如伴虎」，每當政局發生變化，在位者隨時都有可能下台，「生不逢時」就成了經常有的感嘆。

故事揭露了君王的好惡無常導致埋沒人才，又藉著讀書人悲傷不遇，來諷刺世人不能洞察政治的生態，不能看透不可測的機運，一味盲目追求作官的心態。

名句經典

──汲汲營營（成語）

汲汲，是勤求不休止的樣子；營營，指追逐求取。汲汲營營形容人急切的求取名利的樣子。陶淵明的名篇〈五柳先生傳〉就說他自己：「不戚戚於貧賤，不汲汲於富貴。」意思

是不因為貧賤而感到憂愁，也不急著追求功名富貴，他主張通達、樸實的人生觀，勤奮努力而豁達，沒有得失心，快樂就由此產生出來了。

【漫畫經典】

我終於變年輕了！可是新君主要任用女人，怎麼辦？

◆ 君主的喜好是永遠追逐不完的，與其如此追逐，不如隨遇而安。

❸⓪ 隨聲逐響

【經典故事】

司原先生晚上點了火把在野外打獵，森林裡的鹿看見火光，都很快的往東邊跑了，司原先生就放聲吼叫，打算將鹿趕過來。

這時，西邊有一群追捕野豬的人，他們聽到司原先生的叫聲，也爭著高聲叫，附和他的叫聲。司原先生聽到那麼多人的聲音，以為他們是在追什麼珍貴的野獸，就停止追鹿了，跑去那些人呼叫的地方埋伏，想要捕捉從西邊跑來的野豬，不久，果然讓他抓到一隻全身白毛的豬。

司原先生非常高興，以為得到了白色的珍貴野獸，於是將白豬帶回家，用最好的草料和穀物餵養，耗盡家裡的糧食去飼養牠。平常那頭白豬經常昂首、低頭，一副親暱諂媚的樣子對主人撒嬌，這讓司原先生更珍惜牠了。

過了一段日子，有一天，颱風忽然來襲，外頭刮起了大風，下起了豪雨，大量、大量的雨水沖到那頭白豬的身上，白色的毛遇到雨水就被抹去了，泥水橫流，露出原本灰色的皮毛。豬很害怕，不禁叫出聲音來，聲音嘶啞難聽，司原先生才知道家裡養的只是普通的老公豬，白毛不過是毛上沾了白色的泥而已。

---

[1] 王符：（公元約85－162年），字節信，東漢哲學家。一生隱居著書，著有《潛夫論》，內容多指責時政，譴責貪暴的統治，反對迷信，筆鋒犀利。

詩佳老師說

　　司原先生本來是要獵鹿，聽見別人的叫聲，就以為對方追逐的獵物更珍貴，於是埋伏得到了一隻豬。誰知這豬正好渾身滾了白泥自投羅網，就被他誤認為是稀有的白豬，帶回去全力飼養，他不知道別人的喊叫，其實是附和自己而來，這正是「妄加推斷」所造成的錯誤啊！在事情沒有調查、了解清楚以前，就跟著別人後面瞎起鬨，一定容易上當受騙，以假為真，鬧出如「隨聲逐響」這樣的笑話。

　　從另一個角度去想，「耳聽是虛，眼見為實」這句話，本來是說明傳聞遠不如親眼看見可靠，叫人不要輕信傳聞，看到的才是事實；但是事物的現象有真、假之分，眼見也不一定為實，惟有深入問題的核心去調查研究，才不致於被傳聞或自己的眼睛給誤導了。

名句經典

——吠影吠聲（成語）

　　吠，狗叫；影，影子。一條狗看見陌生人經過就叫了起來，於是很多狗聽到叫聲也跟著叫起來。形容人不查真相，而跟在別人後面盲目附和。時尚與流行的事物，原本是極具創新和藝術性質的，推出後就大受歡迎，於是很多人就開始仿效，

然而多數只流於表面的模仿，缺少深刻的內涵，豈不和司原先生一樣盲目？

【漫畫經典】

珍貴的白豬要吃上好的飼料才行！

◆ 跟隨眾聲喧譁背後的真相，就是盲目，連普通豬都分不出來。

㉛杯弓蛇影

（東漢・應劭[1]《風俗通・怪神》）

【經典故事】

應郴[2]當縣長時和主簿[3]杜宣經常往來。在某個夏天，杜宣到應郴家作客，但之後卻很久都不再來了，然後就傳出重病的消息，這讓應郴感到很疑惑。這天，應郴有事剛好經過杜家，就敲了門進去探望杜宣，卻見到他奄奄一息的躺在床上，氣色灰敗。應郴忍不住問杜宣：「你怎麼了？為什麼臥病在床？」

杜宣的臉色一陣青、一陣紅，遲疑了好一會才道：「前些日子去您家，承蒙您請我喝酒。我正要端起酒杯，卻看見杯子裡有一條蛇在扭動。我嚇死了！又不敢不喝，只好將蛇喝進肚子裡去。」說完，竟彎身作嘔了。

應郴心下大奇，想了很久，忽然想起辦公廳的牆上掛著一張紅色的弓，心想：「杯中的蛇，該不會就是弓的影子？」連忙回家查看，那張青漆紅紋的弓確實像極了一條蛇。應郴恍然大悟，立刻派部下將徐宣用轎子載到家裡，在原來的地方，再次為他斟滿一杯酒，然後問徐宣：「你在杯中是否又看見什麼？」

---

1 應劭：字仲遠。東漢獻帝時擔任泰山太守，參與鎮壓黃巾起義，後投奔袁紹，任軍謀校尉。著有《風俗通》，又稱《風俗通義》，內容對當時的社會風俗和迷信多所批判。

2 郴：音ㄔㄣ。

3 主簿：在縣裡負責文書等事務的官職。

徐宣低頭一看，立刻驚叫出來：「是那條蛇呀！」

應郴忍著笑，指著牆上的弓說：「你抬頭看看那是什麼。」

徐宣看看弓，又看看杯中的蛇影，原來弓的形象投影在酒水中，的確很像彎曲的小蛇，頓時豁然開朗，嚴重的心病立刻不藥而癒了。

詩佳老師說

「心病還需心藥醫」，每個人都有疑神疑鬼的經驗，這些懷疑和恐懼很容易就引起疾病，只有將真相揭穿，並且深入的思考問題，才能解除恐懼緊張的心理狀態，使疾病消除，恢復健康。

故事諷刺了被杯中蛇影嚇出病來的杜宣，他正代表一般人捕風捉影的心態，為實際上不存在的可怕事物所困擾，甚至影響到健康。當應郴經過調查了解後，得知徐宣得到的是心理病，就帶著他重新經歷同樣的情境，即時點破真相，對症下藥，使得病人「豁然意解，沉痾頓愈」，應郴的睿智令人佩服！

應郴遇到問題會追根究柢，注重調查研究，具有科學的精神，終於揭開了「杯弓蛇影」的謎題，和現代的心理治療有異曲同工之效。在生活中，我們無論遇到什麼問題，也要通過調查研究弄清楚真相，好獲得解決的方法。

——風聲鶴唳，草木皆兵（《晉書·謝玄傳》）

　　唳，是鳥鳴。聽到風聲和鶴叫聲，見到任何的風吹草動，都以為是敵兵。比喻緊張、恐懼，疑神疑鬼。警戒與防備之心，是一種自我保護的心理機制，可讓人預先遠離危險。但若是防禦過度，就會變得過於敏感，將周圍發生的任何變化都解讀成有敵意的，然後強力地反擊或恐懼地躲開，那就不好了。所以最重要的，還是強化自己的心理素質。

【漫畫經典】

縣長請喝蛇酒，太可怕了！

◆ 「蛇酒」並不可怕，可怕的是人心，疑心容易生暗鬼。

㉜一葉障[1]目

（三國魏・邯鄲淳[2]《笑林》）

【經典故事】

閒來無事，貧窮的楚人拿著《淮南子》[3]讀了起來，看到裡面記載：「如果有人得到螳螂在捕蟬時遮蔽自己的樹葉，就可以用來隱身。」他靈機一動，也想仿效，就跑到樹底下伸長了脖子張望，想找到那種樹葉。

不久果然讓他發現了，等螳螂走開，他就打算伸手摘下來，沒想到一不小心，那片樹葉竟然輕飄飄的落在地上。樹下原本就有許多落葉，這下子全混在一起，再也無法認出那片葉子了，楚人只好將所有的落葉全部帶走。

回家後，為了找出能隱身的樹葉，楚人先拿起一片遮住自己，問妻子：「看得見我嗎？」一開始妻子很配合丈夫，點點頭說：「看得見。」幾天過去了，楚人不斷實驗，妻子終於被鬧得疲憊不堪，有一次就厭煩的說：「看不見了！」楚人暗自竊喜，急忙將那

1　障：音ㄓㄤ丶，遮蔽。
2　邯鄲淳：（公元132－？年），博學多才，與曹植為好友。所作《孝女曹娥碑》，被蔡邕稱讚「絕妙好詞」。著有《笑林》，古代笑話集，有些笑話可視為機智的寓言。
3　淮南子：託名西漢淮南王劉安所著的書籍。思想內容接近道家，夾雜先秦各家的學說，同時收錄許多中國古代著名的神話，如「女媧補天」、「嫦娥奔月」等。是研究中國古代哲學、政治、軍事、思想的重要典籍，也是探尋古代天文、地理乃至文學、神話、民俗的寶藏。

片葉子揣在懷裡，跑到市場去了。到了鬧市，他舉著樹葉，旁若無人，以爲沒有人看見他，就伸手就拿攤販的東西往懷裡放。攤販氣得不得了，通知官府，楚人就被差吏當場抓住，押送到縣衙。

楚人很驚訝，不懂自己爲何被抓？縣官審問，他只好說出事情的始末。縣官忍不住笑罵：「眞是個書呆子！」狠狠訓斥他一番就釋放了。

詩佳老師說

《淮南子》記載：「得螳螂伺蟬自障葉，可以隱形。」螳螂捕蟬時用葉子掩蔽身體，是出於狩獵的需要，原本很平常。但迷信方術的楚人竟然信以爲眞，去樹下找葉子，還動了歪腦筋，想靠葉子「隱形」致富，而做出自欺欺人的蠢事。

故事諷刺楚人不能安貧樂道，心生邪念。但作者更想諷刺楚人的迷信思想，他對書裡的迷信記載信以爲眞，由無知產生了愚蠢的行爲，竟然不懂拿葉子遮眼睛是自己看不見人，而不是人看不見自己。透過楚人的動機、撿樹葉、做實驗、取物等行爲，生動形象的塑造了一個丑角，他的言行讓人發笑，更引起讀者思索，像楚人這類人，在現實生活中不也常見到嗎？他們無視現實，在觀察和處理問題時，總是憑著主觀想像，結果把事情弄得更糟，故事揭示的就是人性的弱點。

名句經典

——鼠目寸光（清‧蔣士銓《桂林霜‧完忠》）

　　老鼠的視線很短，只有一寸之遠。比喻人的目光狹小，見識短淺。在生活上，我們常說一個人看事情「沒有遠見」，爲何會如此？通常這樣的人不懂得換個角度思考，以致於只能見到片面的局部，而看不到整體。故事中，楚人用葉子遮住目光，如同老鼠的目光短小，犯的都是同樣的毛病，值得我們深思。

【漫畫經典】

嘿！沒有人看見我……

◆ 愚蠢最大的悲哀，就是不知道自己的行爲是愚蠢。

㉝桑中生李

（東晉・葛洪[1]《抱朴子・道意》）

【經典故事】

張助在荒田裡種莊稼，累得揮汗如雨，正放下鋤頭，卻發現一株李子的樹苗就長在耕作的田地裡。張助很愛惜這樹苗，想帶回家，就決定將它挖出來。要開挖時，他正好有事要離開，就先用濕土將樹苗的根包起來，放在桑田中間的空地上，後來就忘記取出來了。張助過不久就到遠方任職。

某天，有個村裡的人看見桑田中間忽然生出李樹，感到驚訝，以為那是樹神。正好另一個罹患眼病的人也經過桑田，就在李樹的樹蔭下乘涼，聽說此事以後，就急忙向李樹禱告：「樹神啊！如果能讓我的眼睛痊癒，我就獻上一頭豬感謝您。」不久，眼痛這種小病就好了，他實踐諾言，殺了豬帶到樹下祭拜，以答謝李樹。

村民們便你一言、我一語的傳說開來。後來有人加油添醋說：「李樹使瞎子重見光明了！」從此以後，不論住遠的、住附近的，人人都來祭拜請求；樹旁停的車輛將道路塞得滿滿的，祭拜的酒肉很快就堆成了小山。這樣過了好幾年。

等張助卸下職務回到故鄉，聽說李樹的傳聞，再看見村民祭拜

1　葛洪：（公元284－364年），字稚川，自號「抱朴子」。東晉時期的道教理論家、醫學家和煉丹術家。著有《抱朴子》，內容多與神仙、人間得失、評論世事有關，對化學和製藥學的發展也有所貢獻。

的情形，不禁又好氣、又好笑的說：「李樹只是我當年隨便種的，哪有什麼神靈呢？」於是不顧村民的反對派人砍掉李樹，這種迷信的情況才停止了。

詩佳老師說

　　所謂「神樹」，只不過是被人捧出來的，或是被人們想像出來的。

　　民間有許多迷信的現象，很多是出於偶然，因為人們不了解事情的真相，或幻想得到某種幫助所導致。就如故事中得了眼病的人，如果他不拜樹神，眼病最後還是會好，但是他將偶然病好的原因歸於李樹，就促成了「神樹」的存在，這哪裡是被李樹保佑的呢？張助果斷的破除了迷信，還原真相，故事透過對張助這個人物的描寫，襯托那些迷信的人有多麼愚昧無知。

　　本故事諷刺那些不進行思考就盲目相信傳言的人，譴責這種以訛傳訛的社會現象。同時也提醒我們，在遇到從來沒遇過的現象時，要先從客觀的角度看待事情，以冷靜的頭腦仔細分析，千萬不要盲目的隨波逐流。

名句經典

——子不語怪力亂神（《論語・述而》）

　　孔子不談怪異、暴力、悖亂、神鬼等違背情理的事。孔子

主要提倡仁德、禮治等道德觀念，《論語》中很少見到他談論怪異的事。孔子對當時諸侯們崇尚鬼神、不實事求是的施政感到不滿，希望能恢復古法，因此他從來不向諸侯推薦武力爭霸的政策，也從來不參與叛亂，一直是「敬鬼神而遠之」的態度。

【漫畫經典】

◆ 信仰是理解生命的智慧，迷信卻是盲目的崇拜。

㉞ 海龜與群蟻

（南北朝前秦·符朗[1]《符子》）

【經典故事】

東海來的大海龜，頭上頂著蓬萊仙島[2]，模樣像戴了一頂帽子，自在的在大海裡漂浮游動。牠騰越而上，可以碰到天上的雲彩；淹沒下潛時，就到達最深的水底。有隻紅螞蟻聽說有這樣的神龜，很高興，就邀了許多螞蟻同伴到岸邊，想要觀看大海龜。等了一個多月了，大海龜卻潛伏在水底沒有出來。

螞蟻們空歡喜一場，於是準備回家。這時海面上狂風大作，浪頭忽然捲起足足有五尺那麼高，海水彷彿沸騰似的，怒濤拍打在岸邊岩石上發出來的聲響，就像打雷一樣震動大地。驚慌竄逃的螞蟻們議論紛紛：「大海龜馬上要浮出海面了！」、「那我們再等等看吧！」

幾天後，狂風停止了，雷聲也寂靜了，大地變得沉默無聲，只見幽深的海裡，隱隱約約有一座跟天一樣高大的島，慢慢向西方游去了。原來是大海龜游走了。

螞蟻們覺得無趣，紛紛說：「牠頭頂著山，跟我們頭頂飯粒有什麼不同呀？我們每天逍遙的爬到小土堆的頂端看風景，回家就趴

1　符朗：字元達，是前秦皇帝符堅的堂兄之子，被符堅稱為「吾家千里駒也」。擅長文學。著有《符子》，書中收錄了許多故事傳說。
2　蓬萊仙島：古代傳說中東方海上的仙島。

在蟻窩裡休息，在自然界自得其樂，為什麼還要辛辛苦苦跑到百里之外，去觀看那隻大海龜呢？」

詩佳老師說

　　這則寓言，是透過一群螞蟻的議論和牠們看大海龜的想法，告訴我們，驕傲的人就像是小螞蟻，總是喜歡透過貶低別人來抬高自己，他們的眼界狹窄而不自知，其實，他們的言行只是突顯了自己的保守與落後。

　　故事也對安於現狀、不思長進的人做出辛辣的諷刺。海龜頭頂仙山，在無邊無際的大海自在遨遊，牠能輕鬆駕馭驚濤駭浪，也能掌握仙山瓊樓，其形象是開闊、壯碩的；相比之下，螞蟻生存在蟻窩和土堆之間，頭頂著飯粒，只要顧到吃飯和玩樂就好，海龜與螞蟻一個開闊、一個狹窄，是鮮明的對比。面對神祕的海龜，螞蟻不是自我激勵，反而很快就失去了興趣，打算回頭繼續封閉在小小的世界裡。其實不是海龜無趣，而是螞蟻的眼界不能懂得海龜的雄奇與偉大。

名句經典

──謙沖自牧（成語）

　　這句的意思是，為人處事應該謙和，以修養自我的德性。故事中的螞蟻正好相反，牠們用驕傲自滿的態度來看大海龜，

兩相比較：傳說中的海龜與平凡的螞蟻、頭頂仙山與頭頂飯粒，這是多強烈的對比。螞蟻不以欣賞的眼光來看海龜，反而驕傲自滿的貶低牠，其實真正反映出來的是牠們自卑的內在，是酸葡萄心理。

【漫畫經典】

海太大，游起來一定很累！

◆ 眼界狹窄的螞蟻們，只能靠著貶低大海龜來安慰自己。

㉟ 后羿射不中

（南北朝前秦・苻朗《苻子》）

【經典故事】

后羿[1]持弓的手與拉弦的手高高舉起，他將右手的手肘與箭管成一直線，對準遠處的靶心，靶子是用僅僅一尺見方的獸皮製成的，很容易失了準頭。這時，時間與空間宛若靜止似的，等到弦線和靶心重疊在同一點，后羿就將弓拉滿，屏氣凝神，準備射出。

就在似射未射之際，一旁安坐的夏王忽然說話了：「你射中的話，就賞你一萬兩黃金。射不中的話，就剝奪你擁有的封地。」

后羿聽了，頓時緊張起來，原以為這只是單純的射箭表演，誰料竟然牽扯到自己的全副身家！伴君如伴虎，君王的喜怒果然不可預測。他臉色陰晴不定，呼吸急促，結實的胸膛起伏著，怎麼也平靜不下來。

於是，后羿射出了第一箭，卻沒有中。這下慌了手腳，他很快的拉開了弓，射出第二箭，又沒有中。后羿冷汗涔涔而下，只得放下弓箭垂首站立一旁等候發落。

夏王眉頭一皺，轉頭問大臣彌仁：「這后羿平常射箭百發百中，為什麼今天連射兩箭都脫靶了呢？」

1　后羿：夏時有窮國的首領，善射。夏太康沉湎於田獵，不理政事，后羿乃攻占夏都，掌握大權。後來他仗著善射而不修民事，棄賢臣，用小人，後為部下寒浞所殺。羿，音一ˋ。

彌仁行禮說道：「后羿先生是被患得患失的情緒害了。大王定下的賞罰條件成了他心中的包袱，所以他的表現失常。如果人們能夠排除患得患失的情緒，把厚賞重罰置之度外，再加上刻苦的訓練，那麼，天下的人都不會比后羿差的。」

詩佳老師說

后羿是古代傳說射箭技術高超的人，但是當夏王許諾他賞賜萬金和剝奪封地兩個天差地別的條件後，再讓他射箭，他就射不中了，因為他有了患得患失的心，射中固然可以得到萬金，但更令人驚懼的是，射不中會賠上所有身家。得失就在這場射箭表演，不禁令后羿亂了方寸，而發揮不出平時的水準。射了一箭，不中，使恐慌加劇，第二箭更不可能命中。這告訴我們，惟有修練內在、鍛練良好的心理素質，拋去外在加諸於自身的包袱，我們才能夠放手去做，發揮最大的潛力。

那麼，該如何提高心理素質？要先從抗壓力和情緒管理做起，做任何事以前先定好目標，但不必期望過高，即使受委屈、感到痛苦，也要儘量堅持下去。同時學會管理負面情緒、控制情緒，進一步調整情緒。只要多從不同的角度思考問題，就可以讓我們的心靈更加成熟，更加豁達，寵辱不驚。

——心理素質（名詞）

　　心理素質是人的整體素質很重要的部分。在後天環境、教育、實踐活動等因素的影響下，逐漸發展和建立起來的，是先天和後天的組合。心理素質的好壞，尤其表現在心理適應能力與內在動力，如果素質不好，容易影響人的行為表現，如故事中的后羿射箭不中。心理素質對運動員來說，是更重要的鍛鍊。

【漫畫經典】

射中有賞，不中就抄家。

◆ 除了高超的射箭技術，心理素質更是決定射箭成敗的關鍵。

㊱公輸刻鳳

（北齊・劉晝[1]《劉子・知人》）

【經典故事】

公輸般[2]是魯國有名的工匠，此刻正專注的在木頭上雕刻鳳凰，在他工作時，各種吵雜的聲音充塞了四周，卻總不能干擾他的心神。

只見他手中那隻鳳凰的鳳冠和腳爪都還沒雕成，羽毛也還沒刻好。有人看見鳳凰的身體，就說它長得像鶮鶛[3]；看見頭，就說它是鵜鶘[4]。所有人都嘲笑鳳凰長得怪模怪樣的，更譏笑公輸般的手藝太笨拙。

噪音繼續作響，然而公輸般沒有說什麼，繼續努力雕刻他的鳳凰。

終於有一天，鳳凰刻好了。

只見它頭上翠綠的鳳冠像雲彩一樣高高聳立，紅色腳爪像雷電似的閃動，鮮豔美麗的彩色花紋有如散發著霞光，綺麗的綠色翅膀

1　劉晝：（西元514－565年），字孔昭。文學家。著有《劉子》，又稱《劉子新論》，其中有些傳說故事帶有寓言的性質。

2　公輸般：就是公輸，又稱魯班，春秋時魯國人，是有名的工匠，被土木工匠奉為祖師。

3　鶮鶛：音ㄇㄤˊㄔ，古代一種屬鳩類的鳥，白色，外型像鷹。

4　鵜鶘：音ㄊㄧˊㄏㄨˊ，體型比鵝大，羽毛灰白帶紅，頷下有喉囊，可以儲存食物，動作敏捷，是捕魚高手。

展開來宛如火花那樣燦爛。它「翽[5]」的一聲，從主人手上騰飛而出，在雕有雲彩的樓房正樑上翻滾飛翔，整整三天，都不與群鳥一同降落棲息。

從此以後，人們又開始稱讚鳳凰的神奇和公輸般的手藝了。

詩佳老師說

那些批評公輸般的人，只會在他雕刻過程的某個階段，從自己的某個主觀角度觀察和評論，他們只看到片面的過程，卻沒有從頭到尾看到結果；他們只見到局部，而沒見到全體，就輕率的做出結論，這對當事人來說是很不公平的，因為事情的完成或人才的成長，需要一個逐步漸進的過程。

如果我們遇到和公輸般類似的處境，比如說，苦讀多年，但考試還沒看見成果；企劃多時，績效還沒顯現出來；喜歡一個人很久了，但他（她）還不明白自己的心……，這時無須急著解釋什麼，對於別人不合事實的批評，最好的回答就是像公輸般那樣，拿出實際的行動與成果，證明自己如同光輝燦爛的鳳凰。

5　翽：音ㄏㄨㄟˋ，鳥飛聲。

——大器晚成（成語）

　　原意是指鑄造大的或珍貴的器具，非一朝一夕可完成。後引申指一個人的成就越大越晚成功。為什麼會如此？是因為有大才能的人，往往需要花更多的時間來努力耕耘，所以一開始經常不被看好，甚至被很多人看壞，就像公輸般雕刻鳳凰，這種精細的工作更需要時間。生命本就是一種長期而持續的累積過程。

【漫畫經典】

◆ 只看局部就下結論的人，容易犯下把鳳凰當公雞的謬誤。

㊲車翻豆覆

（隋・侯白[1]《啟顏錄》）

【經典故事】

有個傻子用車載了滿滿的黑豆，打算進城做點買賣，沒想到走到灞橋[2]上，車子竟然意外翻倒了，所有黑豆全部都掉落在池塘中。

傻子嚇傻了，很心疼那些散落的黑豆，急得團團轉，但是豆子實在太多，怎麼樣都無法全部救回。於是傻子決定把車子丟在路邊，自己先跑回家去，然後叫家人和他一起回來下水找黑豆。

傻子走了以後，其他看見翻車的路人想撿現成便宜，紛紛跳下水去，撈走了水裡的黑豆，幾乎沒有一顆剩下來。等傻子帶著家人回來，低頭往水裡張望時，只見到水中有許多游來游去的蝌蚪。他看見黑黑的蝌蚪，以爲就是黑豆，立刻跳下水去打撈；蝌蚪看到有人下水，就嚇得立刻四處逃散。

他覺得奇怪，想了好久好久才說：「黑豆啊黑豆，我覺得可怕的不是你不認識我、拋棄我逃走，而是你僞裝得叫人認不出來，怎麼忽然長起尾巴來了？」

---

1 侯白：字君素，隋初文學家。曾擔任儒林郎，參與編修國史。為人詼諧，著有《啟顏錄》，是在邯鄲淳《笑林》之後較早的笑話集，其中有許多笑話本身就是寓言故事。

2 灞橋：在陝西省西安市東，築於灞水之上。漢人常於此折柳送別。後遂引申為離別之地。

詩佳老師說

現實生活中確實有不少人，輕易就否定和指責他們不認識或不熟的事物，就像故事裡的傻子，看到從沒見過的蝌蚪，卻不願意調查研究，而自作聰明的將蝌蚪當作是黑豆偽裝成的。

這種人總是不想面對現實。原因可能有兩個，一是他沒有能力判斷是非，真的認為蝌蚪就是黑豆。如果是這樣，那就是受到先天才智的限制，是不能也，非不為也。二是他覺得那些「黑豆」怪怪的，會游會動，樣子明明就不是黑豆，但說不出來到底是什麼，只好找了藉口自圓其說，這就是自作聰明了。

作者告訴我們，對自己不熟悉的事物，應該多了解以後再給予評論，看見新事物或面對新的情況時，不要帶著成見，否則可能鬧出愚不可及的笑話。

名句經典

——自作聰明（成語）

意思是自以為聰明而擅作主張。引申為做事時過高的估計自己的能力，或將主觀強加到他人身上。舉例來說，家長在孩子學習繪畫的過程中不要自作聰明，把自己的主觀感受強加給孩子，去指導孩子畫畫，作為教師也一樣，需要用引導的方式，來啟發和順應孩子的天性，讓孩子自己挖掘出真正屬於孩子的童趣。

◆傻子的「堅持」，其實只是不願意探究真相的「固執」。

㊳羆說

（唐・柳宗元[1]《柳河東集》）

【經典故事】

鹿最害怕貙[2]，貙最怕虎，虎又特別怕羆[3]。羆這種野獸的模樣很嚇人，頭上披著長長的毛髮，能夠像人一樣站立。牠的力氣非常強大，會嚴重的傷害人類。

傳說楚國的南方有個獵人，能吹奏竹笛模仿各種野獸的聲音。有一天，他悄悄的拿著弓箭、一種裝火藥的罐子和火種，來到山上埋伏。他先模仿鹿的叫聲，引誘其他的鹿出來，守候著，等到鹿一出現，就用火種點燃箭矢，向鹿射去。鹿果然中箭了，應聲倒地，忍不住便仰頭哀號起來。

貙聽到了鹿的叫聲，迅速的跑過來了，打算吃掉鹿。獵人見到貙現身了，很害怕，於是就模仿老虎的吼聲嚇唬牠。

貙聽到假老虎的聲音，連忙夾著尾巴逃跑了。沒想到，老虎聽到同類的聲音竟然趕過來，牠一吼叫，就震得四周樹葉紛紛掉落下來。獵人更加驚恐，就用竹笛吹出羆的叫聲，老虎就嚇得逃走了。

羆聽到竹笛的聲音，也出來尋找同類，但是找到的卻是獵人，

---

1 柳宗元：（公元773－819年），字子厚。唐代著名文學家、哲學家，與韓愈共同提倡古文運動。是中國文學史上最早有意識創作寓言的作家，用來揭露和諷刺社會現實。著有《柳河東集》。
2 貙：音ㄔㄨ，形狀像狸的野獸，體型大。
3 羆：音ㄆㄧˊ，能直立吃人的一種大熊。

於是羆就揪住了獵人撲搏撕咬，很快就將獵人撕得四分五裂，最後把他吃了。

詩佳老師說

「獵人」的本事是打獵，主動出擊捕得獵物，但故事中的獵人卻只會模仿各種野獸的聲音，矇騙那些獵物如鹿、貙、虎過來，可是一旦遇到真正的強敵「羆」，就知道靠騙術是沒用的，獵人終究被「捽捕挽裂而食之」。

柳宗元敘述這個鹿、虎、羆、人的食物鏈故事，層層遞進，最後羆吃人製造強烈的戲劇性，告訴人們，那些沒有真正本事，專門靠著矇騙技巧圖利的人，沒有一個不成為羆的食物。這是對虛有其表而沒有實際本領的人，最佳的諷刺。

連繫創作的歷史背景來看，安史之亂後，藩鎮勢力膨脹，朝廷不加強掌控軍權，反而為了牽制藩鎮，刻意扶植一些節度使，企圖以藩制藩，結果甲藩未平，乙藩又起，演變成更嚴重的威脅。柳宗元不贊成「以藩制藩」的政策，所以創作這則故事譏諷唐代的統治者，沒有真實的本領，國家必然招致像獵人一樣的命運。

名句經典

——螳螂捕蟬，黃雀在後（清‧紀昀《閱微草堂筆記》）

螳螂專心的躲在後面，想捕捉前面的蟬，但卻沒想到還有

一隻黃雀在後頭，準備捕殺牠。比喻眼光短淺，只貪圖眼前利益而不顧後患。這與本文中，人要抓鹿，鹿怕貙，貙怕虎，虎又怕羆，人最後被羆吃了的食物鏈故事類似，每種動物都有牠的天敵，不能只顧眼前的利益，而忽略了預防敵人的侵犯。

【漫畫經典】

◆ 只靠矇騙手段對付敵人，若遇到真正的強敵是不堪一擊的。

㊴ 臨江之麋[1]

（唐・柳宗元《柳河東集・三戒》）

【經典故事】

臨江有個獵人打獵時捕到一頭小鹿，非常喜歡，就帶牠回去養。他剛把小鹿帶進家裡，家裡的狗就流著口水、搖著尾巴跑過來，想吃掉那頭鹿。獵人看到狗兒嘴饞的樣子，很生氣，就斥喝狗，警告牠們不准打鹿的主意。從那天起，獵人天天抱著小鹿，讓牠接近狗，也讓狗習慣有鹿的存在，但命令狗不許輕舉妄動。就這樣，逐漸讓狗和小鹿一起玩耍遊戲，彼此熟悉。

日子久了，狗倒都能遵照主人的意思和小鹿和睦相處。小鹿漸漸長大，忘了自己是一頭鹿，以為狗真的是朋友，就和牠們互相用頭頂撞嬉戲、上下翻滾的打鬧戲耍，越來越親暱。狗怕主人，不敢違抗主人的命令，便也與小鹿玩得很開心，可是卻時常不由自主舔著舌頭，流露出嘴饞的樣子。

三年後，有一天鹿跑到門外去，看見路上有許多狗，以為狗都是友善的，就過去和牠們嬉戲。外面的狗群看到小鹿，不禁又高興、又興奮，就一起將鹿咬死、吃掉了，還將吃剩的皮毛骨頭散亂丟在路上。

然而鹿到死都還不明白這是怎麼回事？

---

[1] 麋：ㄇㄧˊ，即麋鹿。

詩佳老師說

　　故事描述一隻備受主人保護的小鹿，失去警惕之心，甚至認敵為友，忘記自己和敵人（狗）之間的關係，失去主人的庇護，就遭到不測，這提醒我們，依靠別人的力量來安然度日，一旦喪失庇護，就會招來更可怕的傷害。諷刺那些恃寵而驕、缺乏自知之明的人，他們的結局往往是悲劇收場。

　　這則寓言是柳宗元寫的〈三戒〉──麋、驢、鼠中的第一篇，是他被貶官到永州居住時所寫，藉這三種動物的故事，諷刺社會上的三種人。「臨江之麋」主要諷刺的是「依勢以干非其類」，就是倚仗他人勢力去討好別人的那種人，描寫麋的可憐與可悲。在文學技巧上，描寫細膩逼真，前面先描述小鹿與狗的友善互動，之後，冷不防一筆描寫狗群舔嘴唇貪饞的模樣，作為結局的伏筆，令人不寒而慄，是極高明的藝術手法。

名句經典

──恃寵而驕（成語）

　　憑藉別人所給予的恩澤和寵幸而驕傲自大。比如說，父母過度寵溺子女，孩子想要什麼，父母就無限量的供應什麼，久而久之，孩子就容易養成驕傲自大的性情，容易成為沒有抗壓力的「草莓族」，如同「溫室裡的花朵」。故事中的小鹿深受主人寵愛，面對虎視眈眈的狗而不自知，以致於被害，令人感嘆。

◆受主人保護的鹿，忘記自己的身分，難免遭遇殺身之禍。

❹⓪雁奴

（北宋・宋祁[1]《宋景文集》）

【經典故事】

雁群中最小的雁奴[2]，天性機警。每天晚上當雁群熟睡了，雁奴就徹夜不眠的在周圍警戒、守候，只要有一點人的聲響，牠必定伸直了脖子大聲鳴叫，雁群就會互相叫喚警告大家逃走。

後來鄉里的人企圖設下巧妙的計謀，找到雁奴的要害，使牠掉入陷阱。人們先找到雁群常棲息的湖邊和沼澤，暗中布下大網，在附近挖好洞穴，等白天雁群不在，人們就把麻繩藏在洞穴裡，等到天快亮了，就在洞外把繩子點燃。雁奴看到火光必定最先警覺，高聲呼叫，人們立刻滅火，等雁群驚醒以後，看不到什麼火光，又睡覺去了。

就這樣點了三次火，又熄滅了三次；雁奴鳴叫了三次，雁群也驚醒三次。每次雁群驚醒了，卻什麼事都沒發生，雁群就開始責怪雁奴亂報警，吵到牠們的睡眠。大家氣極了，輪番用嘴去啄雁奴、攻擊牠，然後再去睡覺。這一切都看在人們的眼裡。

過一會兒，人們又點著了火，雁奴卻因為害怕被群雁攻擊，而

1　宋祁：（公元998－1061年），字子京，北宋文學家、史學家，與歐陽修等合修《新唐書》。著有《宋景文集》。
2　雁奴：群雁夜宿，為防襲擊，有一隻在周圍負責警戒，一發現情況就鳴叫報警的雁，稱為雁奴。

不敢再叫。等雁群睡成一片，四周圍靜悄悄的時候，人們就將大網撒下去，將雁群一網打盡，大概每十隻就能捉到五隻。

詩佳老師説

　　經驗能為我們帶來效率，但是過度依賴過去的經驗，結果就是被敵人一網打盡。將火「三燎三滅」的反間計，便是挑撥敵人互相猜疑，讓他們互相爭鬥，自己坐收漁翁之利。

　　三次火光的「不正常現象」，其實很不尋常，雁群卻只看見火光之後沒有其他動靜，就以為安全無虞。事實上，在野外棲息原本就危機四伏，雁群在危險的環境中應該保持警戒，對現象進一步調查，想想背後是否可能預示了危機。

　　可惜雁群只相信眼前「安全」的假象，甚至怪罪雁奴鳴叫警示擾人安眠，使積極負責的雁奴蒙受冤屈。缺乏謹慎的調查，就會破壞群體的團結和信任，俗話說：「堡壘最容易從內部攻破。」事出必有因，我們對別人善意的提醒，應該重視並且反思，明辨是非，謹慎行事，不然可能使群體遭受慘痛的傷害。

名句經典

——反間者，因其敵間而用之（《孫子兵法・用間篇》）

　　反間，就是利用對方的間諜而為我方所用。有三種方法，一是以重利誘惑對方間諜，成為我方助力，刻意為我方傳達不

正確的消息，影響敵方判斷。二是明知對方間諜身份，卻假裝不知，而故意透露錯誤訊息給間諜帶回。三是在敵方找一個目標，破壞他和團體間的信任，本故事的孤雁就是第三種狀況。

【漫畫經典】

◆ 雁是群居的動物，只有從內部破壞團結，才能一網打盡。

❹特勝失備

（北宋・沈括[1]《夢溪筆談・權智》）

【經典故事】

　　有一個人在路上遇到強盜攔路搶劫，他當然不肯乖乖把錢拿出來，又仗著學過武藝，就拿著長矛和強盜的刀鬥了起來。

　　兩人的武器才剛剛相擊，強盜忽然從腰間拿起水壺，仰頭就喝，口中偷偷含飽一口水，當他們鬥到緊張的時候，就噴在對手的臉上。對手被噴得滿臉是水，十分驚愕，手上慢了一下，強盜就趁機將手中的刀刺進他的胸口，立刻結果[2]了他，然後洗劫財物揚長而去。

　　無巧不成書，後來有個壯士[3]也遇上這個強盜，他當然也不肯把財物交出來，兩人當下就抽出兵刃打鬥起來了。這壯士行走江湖多年，早就聽說強盜有「含水噴人」的一招，因此加意防範。

　　壯士的武功不弱，鬥了好幾回合後，仍是將一根長矛使得虎虎生風，招招對準強盜要害。強盜眼看一時難以取勝，不禁焦躁起來，又使出老伎倆，然而他才剛剛將水噴出口，壯士的長矛就已經刺穿了他的脖子，強盜當場血濺五步而死。

1　沈括：（公元1031－1095年），字存中，以博學多才的科學家著名，對數學、天文、物理、地理、藥物等均有貢獻。著有《夢溪筆談》，內容極為廣泛，主要是自然科學和見聞錄，也有智慧寓言。
2　結果：將人殺死，多用於小說或戲曲中。
3　壯士：豪壯而勇敢的人。

　　強盜失敗的原因，是因為伎倆用了太多次，機密已經洩漏，之後還想依靠詐術，卻沒有提防敵人可能已經知道「噴水」的老套，於是招來災禍。相反的，壯士早已經看破他的伎倆，便利用這點出其不意的進攻，得到勝利。這告訴我們，做事情不能一成不變，因為以前的舊經驗曾經帶來勝利，就一用再用。因循守舊的心態並不能帶領我們前進，想要成功，只有不斷「創新」才能出奇制勝。

　　故事寫來層層遞進，寓理深刻，用第一個人與強盜相鬥，被噴水的伎倆嚇到而落敗，來對照後面壯士與強盜相鬥，兩者勝敗的關鍵是在「料敵致勝」四個字。同時作者也對「噴水」的舉動蘊含諷刺，這種雕蟲小技一旦洩密，就會失去效用，與其使用小伎倆和詐術，不如先將真本事練成了，才是最有效的作法。

名句經典

──料敵致勝（成語）

　　因為精準的判斷和預測敵情而贏得勝利。想要保障自己的安全，先有戒備是最重要的，有了戒備，離禍患就遠了。但是要做到料敵致勝並不容易，最重要的是要具備極佳的觀察力，能夠洞察人心，因為在過程中往往是在鬥智。透過觀察對手的

外在表現來了解他的內部情況，以及他的眞實意圖，作爲判定的依據。

【漫畫經典】

◆ 靈活出招，有備無患，才能出其不意地得到最後的勝利。

㊷黠鼠

（北宋・蘇軾[1]《蘇東坡集・黠鼠賦》）

【經典故事】

　　夜深了，蘇軾自己獨自坐著看書，聽見床底下有老鼠囓咬，嘮嘮聱聱[2]的聲響此起彼落，非常吵鬧。蘇軾拍擊床板，沒幾下，聲音就停止了。然而不久又發出聲響。蘇軾被吵得受不了，沒奈何[3]，只好命童子拿著燭火照亮床底下，卻發現那裡有一只袋子，老鼠的聲音就是從裡面發出來的。

　　童子開心地說：「啊！這隻老鼠被關住就不能離開了。」打開袋子看，裡面卻空無一物，再舉起蠟燭仔細檢查，才發現袋子裡有一隻死老鼠，直挺挺的躺在裡頭，看起來已經死去很久。

　　童子很驚訝：「我明明聽見老鼠在叫，怎麼會突然死了？剛才是什麼聲音？難道是鬼嗎？」他把袋子翻過來，死老鼠便一溜煙的滾出來了，沒想到牠一落地，就忽然跳起來逃走，動作異常迅速，再敏捷的人也會措手不及。

　　童子驚訝得手足無措。

　　蘇軾見了，不由得嘆氣道：「眞奇特啊！這是老鼠的計謀。」

1　蘇軾：（公元1037－1101年），字子瞻，號「東坡居士」。北宋大文學家、書畫家，與父親蘇洵、弟弟蘇轍合稱「三蘇」，同屬「唐宋八大家」。著有《蘇東坡集》。軾，音ㄕˋ。
2　嘮嘮聱聱：音ㄐㄧㄠㄐㄧㄠ ㄠˊㄠˊ，狀聲詞，形容老鼠咬東西的聲音。
3　沒奈何：莫可奈何，沒辦法。

詩佳老師説

　　〈黠鼠賦〉據説是蘇軾十一歲時寫的，他細膩的觀察生活周遭發生的事，並以小觀大，從中得到了深刻的寓意。

　　從童子與老鼠的互動中，蘇軾觀察到老鼠被關在袋子，袋子的外皮硬，不能鑽透，所以牠故意咬袋子製造聲音引人打開，又故意裝死，趁人不備時逃脱。蘇軾認爲這麼小的生物都能想出好計謀，有智慧的人卻中了老鼠的計，那麼人的智慧在哪裡？假設老鼠就是我們可能面對的敵人，那麼人是否也該有所警覺呢？

　　同時，蘇軾也對自己的專注力作了一番反省，他認爲老鼠製造點噪音，他就受干擾了，表示他自己不專心，因此容易受到外界左右。當我們在觀察事物或讀故事的時候，也應該和蘇軾一樣從各種角度進行思考。

名句經典

——戰陣之間，不厭詐僞（《韓非子・難一》）

　　形容用兵時不排斥以欺詐的方法來取勝，也比喻用巧妙的手段騙人。這兩句話又濃縮爲成語「兵不厭詐」。故事中的老鼠爲了逃離人類的捕捉，故意躺在地上裝死，還裝得很逼眞的樣子，它趁著人類鬆懈的時候，立刻用最迅捷的動作逃跑，令人防不勝防。面對生死交關時，用一點詐術欺敵，是有其必要的。

◆ 小老鼠故意裝死，趁人不備時逃跑，表現出人也及不上的智慧。

❹烏戒[1]

（北宋・晁補之[2]《雞肋集》）

【經典故事】

烏鴉是鳥類中最狡猾的，牠們很懂得觀察人的聲音動態，只要有一點微小的變化，就飛走不敢稍作停留，不是用彈弓射擊就可以捉到的。

關中地區的百姓摸透了烏鴉狡猾的性格，知道除非利用動物本身的狡猾，否則無法捉到牠們，於是到野外布置一些餅乾和紙錢，到墳墓上哭號[3]，偽裝那些祭祀的家屬們。哭完以後，就撒下紙錢和祭餅放在墳地，然後離開。

烏鴉們見到地上有食物，都爭著飛下來啄食，眼看著就要將食物一掃而空，那些哭號的人已經站在另一邊的墳地上，像剛剛那樣撒下紙錢、留下祭餅。

烏鴉雖然狡猾，卻不會懷疑這是引誘牠們的陷阱，更加爭先恐後的鳴叫，爭鬥搶食。這樣重複了三、四次後，烏鴉們開始跟在人們後面飛來飛去，越來越接近，逐漸疏忽防備。等到烏鴉靠近捕網，獵人就張開大網一舉捕獲牠們。

---

[1] 戒：防備，戒備。
[2] 晁補之：（公元1053－1110年），字無咎，號「歸來子」。十幾歲就受蘇軾的賞識，為蘇軾的學生「蘇門四學士」之一。文學家。著有《雞肋集》，其中不少寓言嘲諷迂腐之事。
[3] 號：音ㄏㄠˊ。放聲大哭。

詩佳老師説

　　作者在〈烏戒〉提出了他的感嘆，他説：「如今，人們認爲靠自己的智慧就能保全自身，卻不知道災禍就埋伏在其中，這些人幾乎都看不見偽裝成哭號者的敵人的存在啊！」重大的災禍，往往就隱藏線索之中，不容易被人察覺，烏鴉儘管狡猾，但人們早已掌握牠們的習性，故意偽裝成祭拜的人，騙牠們來爭食祭拜剩下的食物，最後終於失去防備之心而被捕獲。

　　又如表面上安全無虞的日本福島核電廠，位置就在海邊，本來有防震設施，誰知道2011年，日本東北太平洋近海發生9級大地震，遠超過專家的預估。地震引發的海嘯使海水倒灌，造成核電廠損毀，當地人害怕輻射，只好遠離家園。這些都告訴我們，人類經常自以爲聰明，而不知道危機往往就潛伏在問題裡。

名句經典

——防不勝防（成語）

　　防，防備；勝，盡。形容難以防備。烏鴉其實已經是一種很聰明、很機伶的動物了，防備心也很重，但還是逃不過人類布置的縝密計畫。人類先以偽裝逐步獲得烏鴉的信任，等到烏鴉覺得安心了，再以措手不及的方式進行捕捉。雖然烏鴉已經盡力防備，但面對敵人層出不窮的陷阱，要防範仍然是不容易的事。

◆ 烏鴉等著要吃人留下來的食物，卻不知道背後埋伏著危險。

㊹ 應舉忌落

（宋・范正敏[1]《遯齋閒覽》）

【經典故事】

秀才柳冕[2]的個性跟一般人沒什麼不同，如果硬要挑毛病，就是他總有許多忌諱[3]，尤其最忌諱「落」這個字，因為對讀書人來說，「落第」很不吉利。

每次柳冕參加科舉考試，與一同考試的秀才們閒聊時，如果有誰無意間說了「落」字，柳冕就會氣得臉色發青、吹鬍子瞪眼的。如果是僕人不小心觸犯到他的忌諱，就更不得了，他立刻哇哇大叫，回身拿起拐杖就是一頓鞭打，日子久了，僕人就練出了立即反應的能力。他自己說話時，如果遇到與「落」字同音的，都會小心翼翼的改用別的字，比如說「安樂」的「樂」與「落」發音接近，就改成「安康」之類。

有一次科舉過後，柳冕聽說已經放榜了，急忙派僕人出去查看榜單。不一會，僕人回來了，柳冕連忙迎上去問道：「中了嗎？」

結果僕人立刻回答：「秀才，您『康』了啊！」

---

1 范正敏：又作陳正敏，號遯翁，北宋末年曾任福州長溪縣令。著有《遯齋閒覽》。
2 冕：音ㄇㄧㄢˇ。
3 忌諱：避忌、隱諱某些不吉利的言語或舉動。

詩佳老師說

　　語言禁忌是一種特殊的心理現象，人們會因爲某種原因而對某些語言表現迴避的態度，反映人們對某些神祕力量的畏懼。久而久之，禁忌成爲社會上人際交往的禮俗，有些人相信，如果不小心觸犯某種禁忌就會受到懲罰，例如送人的禮物忌諱送時鐘，因爲諧音是「送終」，反映了迷信心理。

　　忌諱經常形成不成文的「規矩」，例如剛進公司上班的菜鳥，就被同事叮嚀「不能提到自己家庭幸福」，因爲長官不久前才離婚，也不要說出「梨」字，會聯想到「離」，怕刺激長官不愉快的聯想。凡此種種，令人不勝其擾。

　　考科舉應該是憑自己的才學和努力、考運和主考官的重視，才會順利高中，絕不是靠著忌諱說出某個字眼就能達到目的。秀才這樣忌諱有什麼用呢？與其在語言上限制，不如好好充實自己的實力。

名 句 經 典

——百無禁忌（成語）

　　指人的說話、行事或觀念上毫無忌諱的意思。與應舉忌落相反的意思就是百無禁忌。禁忌除了是反映人對無形的神祕力量感到畏懼，也是人際關係的重要部分，因爲有所顧忌，人往往很多話不敢說，很多事不敢做。個性豪爽的人或天眞的孩

子，則往往百無禁忌，能勇敢的說出內心的真話，展現自己的
真性情。

【漫畫經典】

雨水滴落，害娘
跌落臺階⋯⋯

您就別再
「落」了！

◆語言的忌諱防範不易，與其忙著抓忌，不如用心準備考試。

㊺越人遇狗

（宋末元初・鄧牧[1]《伯牙琴・二戒》）

【經典故事】

誰也想不到這隻癩痢頭、大小眼、駢趾[2]的狗，除了「汪汪」以外，竟然還會說人話！牠對阿越說：「我很會打獵，可以把捕到的獵物跟你平分。」阿越聽了非常高興，以為自己撿到了寶。

前幾天，阿越在路上遇到了這條狗，狗有氣沒力的「汪」了兩聲，忽然將頭放得低低的，搖擺尾巴。他看見狗兒友善，就想伸手摸摸牠的頭，沒想到狗忽然說話了。他聽狗說可以把捕捉到的獵物分給他，就開心的帶著狗回家。每天，這條狗都有吃不完的美食佳餚，受的待遇簡直跟人沒有兩樣。

漸漸的，狗傲慢起來，每次獵到野獸必定全部吃個精光，絲毫不留給主人。有人聽說了，就當面譏笑阿越：「你養活狗，給牠過舒服的日子，但是牠捕到野獸卻自己全部吃了，不留給你一根骨頭。你還要牠做什麼？」

---

1. 鄧牧：（西元1247－1306年），字牧心。宋末元初文學家、學者，宋亡以後，終生不仕、不娶，漫遊五湖四海，後來隱居，世稱「文行先生」。著有《伯牙琴》，內容隱寓亡國之痛，他深感知音難遇，所以以「伯牙鼓琴」的故事作為書名，書中的〈二戒〉是學習柳宗元〈三戒〉所作的寓言，具有發人深省的智慧和諷刺的意義。

2. 駢趾：就是駢拇枝指。駢拇，腳的拇指跟第二指連成一指。枝指，手的拇指旁多生一指成六指。駢拇枝指比喻多餘而不必要的東西。駢，音ㄆㄧㄢˊ。枝，音ㄑㄧˊ。

阿越終於懂了。當晚，狗捕到野獸回來時，他就跑去跟狗分肉，而且拿的比留給狗的還要多。這下子惹火了狗，牠忽然跳起來，一口咬住阿越的頭，又咬斷脖子和腿，等人死透[3]了便揚長而去。

想一想，把狗當成家人養，又跟狗爭食，怎麼會不失敗呢？

詩佳老師說

　　故事是諷刺那些巧言善騙和財迷心竅的小人。狗一開始靠著說人話、態度友善，又善於對人誘之以利，說自己可將捕到的獵物和人平分，以獲得人的好感。聽到的人自然大為心動，貪圖不勞而獲，就抱著私心將狗帶回家，用最好的待遇飼養。由此可知，主角阿越對利益的追求，使他看不清狗的本性，狗畢竟是動物，並不容許他人與之爭食，結果造成身首異處的慘劇。

　　狗的偽善，如同社會上被稱之「衣冠禽獸」的那類人，他們雖然口出人言、態度友善，內心卻有如禽獸般殘忍貪婪；他們常藉著外表哄騙別人，一般人也容易上當。故事中的狗因為貪婪而日漸傲慢，人也因為貪婪而枉送性命，這提醒我們，私心太重，將會妨礙人的觀察力和判斷力，惟有去除私慾，才有足夠的智慧明察秋毫。

3　透：形容徹底。

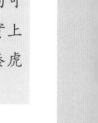

名句經典

——養虎遺患（成語）

　　把老虎養大了，結果回頭傷害主人。比喻不除去仇敵，將留下後患。故事中的狗和老虎都是動物，有的狗有野性，食肉的慾望是牠們的天性。某天，狗突然說起人話，越人就當狗可以溝通，可以與狗平分食物，最後還想分走更多食物，事實上是小看了狗的野性。越人養活狗，最後反受其害，正說明養虎遺患的後果。

【漫畫經典】

◆ 被私心蒙蔽，才會將口說人話、內心獸性的狗當成家人。

㊻金鎞刺肉

（元・陶宗儀[1]《輟耕錄》）

【經典故事】

西瑛正和妻子吃飯，有個婢女在桌旁伺候。一桌子安安靜靜的，只聽見碗筷交碰時零星發出的叮叮聲。

妻子拿著一枚金釵，斯文的從碗裡刺了塊肉，正要送進嘴裡，門外的說有客人來了。西瑛放下筷子出去迎接客人，妻子來不及吃肉，只好將金釵和肉擱在碗裡，起身準備茶水。等她回來後，卻到處都找不到那枚金釵。

金釵是價值昂貴的物品。妻子找不到，正急得團團轉，一瞥眼[2]，看見婢女正在桌旁忙著，便一拍桌子，大怒道：「一定是妳偷走金釵！」於是用盡方法折磨拷問，但婢女始終不認偷竊，最後竟然活生生被拷問致死。

看見人死了，西瑛夫妻雖然驚慌，但還是將這事掩蓋過去。家裡的所有人都知道死了個人，但只是婢女，不礙事的，提到了也只敢說「她」，很隱晦的。

一年多以後，某天，西瑛叫工匠打掃屋瓦，清潔積存的穢物，忽然掃下一件東西，掉落在石子地上發出清脆的響聲。西瑛撿起來

---

1 陶宗儀：字九成，元時考進士，一試不中就不再考。家貧，以教書為生。著有《輟耕錄》，又稱《南村輟耕錄》，內容為雜記，也有警世的寓言。
2 瞥眼：一眨眼的時間。瞥，音ㄆㄧㄝ。

看，竟是當初遺失的金釵，它和腐朽的貓骨頭一起掉下來了，必定是貓偷肉，連金釵也帶走了；貓吃肉不小心被金釵刺死在屋頂，當時婢女正在工作，沒看到，就這樣含冤死去。

詩佳老師說

沒有拿到贓物，怎麼能誣指他人是賊？在沒弄清楚事實真相前，不應該輕易下結論，只憑著似是而非的「線索」就將人拷問。抱著這種心態作事，主導的人又與權勢相結合，小則使人蒙受冤屈，自尊受損；大則可能魚肉百姓，禍國殃民。

除了婢女冤死的主題之外，故事也反映了古時身為婢女的無奈。婢女就是女性奴隸，古時婢女生的子孫世世代代都是奴婢，可以被主人買賣或是婚配，婚配的對象也只能是同樣階級的男性奴僕，因為她們的身分是「賤民」，是主人的「財產」，生命不受重視，命運完全由不得自己作主。

古時婢女受到主人虐待的事情時常發生，這樣的事在現代也時有所聞，因此，元代末年的陶宗儀聽到這件事就記載下來，感嘆的說：「世上這樣冤屈的事真的很多。」作者對這樣的悲劇體現憐憫與同情，並提醒我們應該尊重每個生命。

——冤有頭，債有主（諺語）

　　報仇討債要找正確的對象，不牽累他人。比喻處理事情要找主要負責的人。但是要找到真正應該負責的人並不容易，首先要耐得住脾氣，不隨意遷怒；其次是要冷靜下來洞察事理，分析前因後果，才能找到「真兇」。西瑛的妻子就是隨意遷怒他人，又沒有仔細搜查丟失的金釵，才冤枉了好人，造成了悲劇。

【漫畫經典】

◆ 主婦責打，婢女含冤不認；可憐姑娘，芳魂裊裊難尋。

㊼野貓

(元・宋濂[1]《宋文憲公全集・雜著》)

【經典故事】

　　衛國的束先生對任何東西都看不上眼，唯獨愛貓。貓的專長是捉老鼠，束家就養了一百多隻，貓兒們把束家連同左鄰右舍的老鼠，都抓得快要絕跡啦。貓找不到食物，餓了就大叫，於是束先生每天到市場買肉餵貓。

　　幾年過去了，貓兒生了一窩小貓；小貓長大，又生出許許多多小小貓。後來出生的貓吃慣了現成的肉，不需要打獵，竟不知世上有老鼠。牠們餓了就叫，一叫就有人拿肉給牠們吃，吃飽了便懶洋洋的，走路慢慢的，一副安閒的模樣。

　　束家的貓多，城南讀書人的家裡卻是老鼠多，讓他困擾不已。那些老鼠成群結隊在屋裡走來走去，有的還掉在甕[2]裡弄髒食物。於是讀書人急忙從束家借了一隻貓回家。貓看見四處亂竄的老鼠聳著雙耳，瞪著黑亮的眼睛，卻嚇得「刷」的豎起頸上的紅毛，以為是怪物。牠只敢在甕口邊緣跟著底下的老鼠打轉，卻不敢跳下去捉。

1　宋濂：（公元1310－1381年），字景濂，號潛溪。以史學家、文學家著稱，主修《元史》。著有《宋文憲公全集》，其中《雜著》和《燕書》多屬寓言，揭露元代社會的黑暗面，文筆犀利，寓意深遠。

2　甕：音ㄨㄥˋ。盛東西用的陶器，腹部大，口小。

讀書人氣極了，就將貓推下甕裡。貓怕死了，對老鼠叫了好久。老鼠推測貓除了叫和豎毛，沒別的本事了，就用力咬貓的腳，貓竟然嚇得從甕中跳了出來。

詩佳老師說

　　「不進則退」是作者想告訴我們的道理。貓的專長是抓老鼠，可是這個特長如果長久不用，缺乏練習，加上代代子孫受到人類的馴養，不必煩惱生存問題，貓的野性就會退化，狩獵的本能也就逐漸消失了，以致於看到老鼠竟然不知道那是什麼動物，反而被這種「怪物」驚嚇到，於是「老鼠欺負貓」就成了看似荒謬、卻理所當然的結果。

　　作者更想諷喻的是國家養的武士們，他們世代都享受國家給的奉祿，一旦遇到強盜，卻退縮不敢緝捕，這和束家的貓有什麼不同呢？過分享受、過度溺愛，都會給人帶來不良的後果，養尊處優的生活，很容易讓人喪失最基本的生活能力，刀久不磨就鈍了，長久缺乏鍛鍊，更會喪失專業技能，很值得我們省思。

名句經典

——用進廢退（拉馬克式演化）

　　法國的生物學家拉馬克（Jean-Baptiste Pierre Antoine de Monet, Chevalier de Lamarck, 1744－1829）認為，在新環境的

影響下，習性會改變，某些經常使用的能力會更發達，而不常使用的能力會逐漸退化。比如長頸鹿的祖先很矮，因爲要吃樹上的葉子，脖子就越來越長，遺傳給下一代。故事中的貓也是，貓本來有野性，外頭的野貓會獵鳥、獵鼠，但是在人類飼養下長大的貓，野性就會消失，以致於連老鼠都不會捉了。

【漫畫經典】

◆養尊處優的貓失去了狩獵的本能，將反被老鼠欺負。

❹⑧晉人好利

（元・宋濂《宋文憲公全集・秋風樞》）

【經典故事】

晉國人到市場去，看見喜歡的東西就抓在手中說：「這美食我可以吃，這錦繡我可以穿，這物品我可以用，這器皿我可以裝東西！」一副貪饞的模樣。說完話，也不管攤販同不同意，拿了東西就走。

管理市場的官吏連忙追去向晉人要錢。晉人卻說：「我追求利益的心就像火一樣熱啊！看到喜歡的，眼睛就發暈冒火。天底下的東西，好像本來就屬於我的，怎會知道那是你的呢？你就把這些東西給我吧！如果我發財了一定會還你。」

官吏很生氣，跳腳大罵：「你根本就想賴帳！」於是拿起鞭子狠狠抽了晉人一頓，搶回被他搶走的財物，怒氣沖沖的走了。

有人在旁邊看見就嘲笑晉人。晉人一邊撫著傷口叫「唉呦」，一邊氣得指著那人罵道：「世人貪圖利益的心比我還嚴重，他們千方百計強取豪奪，跟他們比，我算什麼！只不過在白天拿東西，難道不是比他們好嗎？有啥好笑！」

詩佳老師說

好利是人的天性，不一定是壞事，俗話說「君子愛財，取之有道」，人人透過正當的手段取得財物、付出努力，才是社會進

步的動力。但是某些人有的公然強取豪奪，被人捉到或被指摘時就振振有詞，用一些歪理爲自己自圓其説；有的則是表面上道貌岸然，自詡爲「正義之士」，暗地裡卻是貪得無厭，爲了追求利益不擇手段，這些人才是最可怕的！他們的虛僞，令善良的好人防不勝防。

故事描繪出那種利慾薰心的人的嘴臉，他們會在公開或私底下剝削、掠奪弱勢者。晉人明目張膽搶取他人財物，最後還以強盜的歪理爲自己辯護，他的行爲是錯誤的，作者企圖透過他的話引發人們思考，在現實生活中，許多光鮮亮麗的貪官污吏和權貴們的想法、行爲，不正好和貪婪的晉人一樣嗎？

名句經典

——好利忘義（成語）

利，指利益、功利；義，指思想行爲符合道德標準。形容人喜好私利而遺忘正義。孔子最先在《論語・里仁》中提出：「君子喻於義，小人喻於利。」意思是君子能夠領悟的是道義，小人能夠領悟的是利益。君子與小人的價值觀不同，君子於事必分辨是非，小人於事必計較利害，兩者人格的高下就在於此。

◆ 晉人認為自己「盜亦有道」，然而他終究還是一個貪婪的強盜。

⁴⁹ 焚鼠毀廬

（元・宋濂《宋文憲公全集・尉遲樞》）

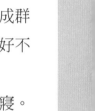

【經典故事】

　　越地的西邊有個單身漢，一個人紮起蘆葦、茅草蓋房屋，努力耕作，自己收成。久了就連豆子、粟米、鹽巴、乳酪等，都不必靠別人就能自給自足。

　　只有一件事令他煩惱。他家曾出現過許多老鼠，白天牠們成群結隊的行動，到了晚上就亂咬東西，牙齒發出唧唧吱吱的聲音好不擾人，直到天亮。他很煩惱，卻遲遲不去採取行動解決問題。

　　有一天，男子和朋友多喝了幾杯，醉醺醺的回家，打算就寢。沒想到他的頭才剛沾上枕頭，老鼠就製造出各種聲響，一時噪音四起。他非常惱火，完全無法閉上眼睛睡覺，他終於忍無可忍了，拿著火把四處點火打算燒死老鼠。果然老鼠死了，但房屋也燒毀了。第二天他酒醒了，不知所措的站在燒毀的家園面前，無家可歸。

　　朋友聽說了，連忙趕去慰問他。男子難過的說：「人真的不能太壓抑怨氣！我太生老鼠的氣了，以致衝動到只看見老鼠，卻沒有考慮房屋的安全，不知會釀成災禍。人真的不能太壓抑啊！」

詩佳老師說

　　為了消滅老鼠而燒毀房屋，無疑是因小失大的愚蠢行為。主角是個自食其力的單身漢，每天努力工作，回家只想休息，卻天

天受到老鼠的騷擾不得安眠，他又不處理此事，久而久之，怒氣就會累積成怨憤，使他在盛怒下就做了後悔的事。故事提醒我們，不要經常壓抑不滿、累積情緒，遇到問題就要即時處理，避免原本可以圓滿解決的事，變成遺憾收場。

但如果將故事翻轉來看，是否還有其他的意義或影射？主角是努力的勞工，但長期遭受老鼠（雇主）的損害、壓迫，也許「不處理」其實是「無法處理」，因爲老鼠滋生繁多（雇主權勢大）。最後他忍無可忍，寧可玉石俱焚也不願跟鼠輩妥協；他的怒氣成了熊熊之火（反抗）。也許他沒想到抗爭要付出代價，但是想想，房屋再蓋就有了，傷心難免，但根除了禍害，才能徹底保障自己的生存。

名句經典

──火炎崑岡，玉石俱焚（《書經·胤征》）

火炎，指烈火；崑岡，崑崙山；玉石，珍貴的美玉；焚，燒。比喻好壞不分，讓美玉和石頭一同被燒毀。後指不論賢愚、善惡、好壞，同時受害，盡皆毀滅。故事的主角想要消滅老鼠，氣極攻心才用火燒，但這方法不只消滅了鼠患，也害自己無家可歸，手段上過於極端，憑一時衝動行事，可能造成無可挽回的後果。

◆ 被欺負造成的積怨，沒有妥善處理，就會如大火一發不可收拾。

㊿變易是非[1]

（元・宋濂《宋文憲公全集・龍門子凝道記》）

【經典故事】

洛陽的讀書人申屠敦擁有一座漢鼎[2]，是在長安附近一條深河中得到的。鼎上的雲彩紋路和龍形圖案交錯，精緻異常。

西鄰的魯先生看見了，極爲羨慕，於是請工匠仿製一個。鑄造時，先將燙紅的鐵打造成形，浸在藥水裡，再埋進地洞三年。鼎受到泥土和藥水的腐蝕後，開始生鏽，不論外表或年份，看起來都和申屠敦的鼎差不多。

那天早上，魯先生興沖沖的拿著仿鼎，獻給一個有錢有勢的權貴。那權貴竟然將仿鼎當作寶物，成天愛不釋手，更大開筵席，不分官民邀請了許多賓客，並將仿鼎拿到席間給眾人賞玩。

申屠敦剛好在座上，一眼就看出來這是仿冒的，就對權貴說：「我也有個鼎，和您的極爲相似，只是不知哪個是眞品。」權貴便要求要看。

不久，申屠敦的鼎送來了。權貴繞著鼎，又捏又摸，看了老半天，說：「這鼎不是眞的。」賓客們紛紛隨聲附和：「這鼎確實不是眞的！」申屠敦忿忿不平，就和眾人爭論了起來，所有人卻如同嗜血的蒼蠅般聯合起來羞辱他。

1　變易是非：易，變換。是非顚倒。
2　鼎：音ㄉㄧㄥˇ。古代用來烹煮食物的金屬器具。三足兩耳，亦有四足的方鼎。盛行於商、周時代。

申屠敦感到無奈，只好不再辯駁。回家後，他感慨的說：「我終於明白，權勢眞的能使是非顚倒啊！」

詩佳老師說

透過申屠敦的故事，作者揭露出當時權貴與平民之間存在的階級差異，諷刺了社會上那些趨炎附勢的人，他們爲了迎合權貴，竟然可以把眞鼎說成仿鼎，這不是很荒謬嗎？不只是鼎，比如一篇文章的好壞、一件官司的判決等等，在權勢的面前，一般百姓就算掌握到眞鼎（眞理），也沒有力量替自己辯護。

以古鑑今，在今天這個自由文明的社會裡，這種挾著權勢左右人們的判斷、將權勢當成是非標準的情況，不是仍然經常可見？現代人如果受到權勢欺壓，又該如何解決？故事的寓意，到現在還是具有反映現實的意義。

名句經典

——指鹿爲馬（成語）

本指趙高獻給秦二世胡亥一頭鹿，故意指稱是馬，並問其他大臣那是鹿還是馬，而將答「鹿」的人暗中殺害，使大臣們畏懼自己，以圖謀篡位。後來比喻顚倒是非。明明是鹿，臣子們卻說是馬，如同故事中魯先生獻給權貴的鼎明明是假的，身邊諂媚他的人卻都說是眞的。某些人的確會屈服在權勢底下，指鹿爲馬。

◆ 權勢能夠決定人對真假的判斷，其實都是人們自己造成的。

(51) 蟾蜍與蚵蚾

（明・劉基[1]《郁離子・魯班》）

【經典故事】

蟾蜍[2]在水流動不絕的湖澤畔遊玩，蚵蚾[3]把牠當作同類，很高興牠跟自己長得像，便想和蟾蜍一起登上月亮玩，叫鼁鱦[4]去問牠。鼁鱦很快就回來了。蚵蚾好奇的問：「蟾蜍都吃些什麼？」

鼁鱦說：「蟾蜍住在月亮中，棲息在桂樹的樹蔭下，吃天空最純粹的精華，吸取清風露珠的精美汁液。除此以外就沒別的食物了。」

蚵蚾皺著鼻子：「如果這樣，我就不能跟牠去玩了。我這裡乾淨舒適，每天三餐都吃得飽飽的，怎能跟牠孤單的住在空曠清冷的月亮，還得餓著肚子吸風飲露呢？」聽見蚵蚾這麼說，鼁鱦不禁好奇起來，就問蚵蚾的食物是什麼？但是蚵蚾不理牠就走了。

鼁鱦感到無趣，就到蟾蜍那兒。蟾蜍聽了也很好奇，就要鼁鱦偷偷溜回去看蚵蚾吃什麼。鼁鱦躲在旁邊看，原來蚵蚾正盤踞在糞

---

1 劉基：（公元1311－1375年），字伯溫。明初開國功臣之一，封誠意伯。著有《郁離子》，是元末劉基棄官後的筆記、寓言集，文筆犀利，寓意深刻，不少內容反映了元代的黑暗面。

2 蟾蜍：體型肥大，性遲緩，不能鳴，常棲於陰溼之地。皮膚有疣，可分泌毒液。這裡指神話中住在月亮裡的蟾蜍。

3 蚵蚾：音ㄎㄜ ㄅㄛˇ。屬於癩蛤蟆的一種，類似蟾蜍。

4 鼁鱦：音ㄑㄩˋ ㄑㄧㄡ。癩蛤蟆的別種，只在陸地生活。

坑裡吃蛆、吸糞水喝，吃得肚子鼓鼓的，肥肥胖胖很滿足的樣子。於是黿醜回到蟾蜍那裡，說：「蚵蚾的食物是糞坑裡的蛆和糞水，不能一天不吃啊！牠怎能跟你上月亮呢？」

蟾蜍皺著額頭，嗤笑道：「哎呀！我到底做錯了什麼？老天爺竟然讓我長得跟『這東西』相像！」

詩佳老師說

故事諷刺了那些自命清高、眼睛長在頭頂上，實際上自己卻是個骯髒齷齪的人。蟾蜍住在月亮裡，每天餐風飲露就自以為高尚，看見蚵蚾長得像自己，就邀牠來月宮居住，其實是因為過度驕傲產生的自戀心理，覺得自己最好，和自己相似的應該也是最好的。蚵蚾也很自滿，聽說蟾蜍過的是清高孤寂的生活，便認為自己的糞坑才是天堂。

任何事物都有外表和本質，兩者往往存在著差異，如果你忽視了這點，只看外表相似（尤其是像自己）就以貌取人，往往容易被表象迷惑。故事提醒我們，人應該認清外表與本質的區別，本質實在比外表更加重要。

名句經典

──妄自尊大（成語）

意思是驕矜自大，自命不凡。形容人過分狂妄的看待自

己，自以爲了不起而輕視別人。本故事的蟾蜍與蚵蚾都犯了同樣的毛病，牠們妄自尊大的表現，反映的是內在的自戀性格，這樣的人會找和自己相像的人爲友。若是身爲一國之君，可能「看著鏡子找人才」，如果他本身優秀就沒有問題，若實情正好相反，就可能造成國家的不幸。

【漫畫經典】

◆ 蟾蜍覺得自己最高尚，就拿自己當完美的範本，要蚵蚾追隨牠。

(52)獮猴造反

（元・劉基《郁離子・瞽聵》）

【經典故事】

楚國有個養猴子的人，叫作「狙公[1]」，每天早晨，他一定在庭院分派工作給猴子，命令老猴率領小猴到山上摘草木的果實，再從中拿走大部分給自己享用。有的猴子採到的數量不夠，狙公就鞭打牠們。猴子們怕死了，覺得這種日子好苦，卻不敢違抗。

有一天，一隻小猴子搔了搔腦袋，忽然問猴子們：「山上的果樹，是狙公種的嗎？」猴子們抓抓腮幫子：「不是啊！那些果樹本來就生在山裡。」

小猴子又問：「如果沒有老頭子，我們就不能去山上採嗎？」猴子們撓撓下巴：「不是啊！誰都能去採。」

於是，小猴子瞪大了眼睛問：「那我們爲什麼還要依靠他、被他奴役呢？」話沒說完，猴子們全都醒悟了，興奮的在庭院蹦蹦跳跳、議論紛紛起來。

當晚，猴子們偷偷摸摸的溜到狙公的房門外偷看，等狙公睡著了，就打破獸欄、毀掉獸籠，放出所有的猴子，拿走狙公的存糧，一塊兒跑進森林裡，再也不回來了。沒有猴子幫忙採集食物，懶惰的狙公沒多久就活活餓死了。

1 狙公：相傳為古時善養猿的人，能以智弄群狙。後比喻以智謀籠絡制馭他人的人。狙，音ㄐㄩ。

詩佳老師說

　　狙公一向以刻薄剝削、暴力的鞭打來統治猴子，讓猴群苦不堪言，終於有個小猴子不堪欺壓，發現形勢不一定對自己不利，勇敢直言，讓猴群全部醒悟過來了，牠們團結起來反抗，使不勞而獲的狙公被活活餓死。故事告訴我們，那種用權勢奴役百姓而不走正道的人，只因為百姓還沒覺醒才能得逞，一旦有人覺悟過來，那麼他再怎樣玩弄權勢都沒用了。

　　猴群中首先醒悟的是「小」猴，年輕的小猴啟發老猴，用三個問題一層層的幫助老猴思考，他的思想活躍、勇於反抗，為眼前的艱困帶來突破性的希望。猴子們的對話也表現了語言的藝術，間接反映作者對年輕一代改變世界的期望。

名句經典

——高壓政策（名詞）

　　以權力強制壓迫人民，施政時以殘酷的迫害方法治理國家。高壓的手段是對人性的一種壓制，壓制產生壓抑，人們被壓抑久了，有些人就會從此順服於高壓的統治，有些人自然而然想找到出口，透透空氣，去尋找更自由、舒服的所在，去生活和工作，就像故事中的小猴子醒悟過來了，才有開拓美好人生的可能。

我們可以靠自己,不再被奴役了!

◆ 小猴的勇氣,喚醒了猴群被奴役已久的靈魂,為牠們開啟一扇門。

⑤越車

（明・方孝孺[1]《遜志齋集》）

【經典故事】

　　「越」這個地方沒有車子，當地人更不知道有「車子」這種交通工具。有個來自越地的旅客，在晉國、楚國之間的郊區得到了一輛車子，車子的輻條[2]已經腐朽，車輪都塌了，車輗[3]和車轅[4]也斷了，整輛車子根本就是個廢物，沒什麼用處。但因為他的家鄉從來就沒有車子，他就用船載了這輛破車回家，好讓他在眾人面前炫耀一番。

　　這輛車果然引起許多人來觀看，街坊鄰居都來了，大家聽信他的吹噓，以為車子本來就長成這樣，於是有人按照這輛破車的樣子，也製作好幾輛車出來，不久，一輛輛嶄新的、剛被製造完成的「破」車子都停放在倉庫，等著販賣。

　　有個從晉、楚附近過來做生意的人，看見越人造的車子，不禁哈哈大笑起來，笑他們的手藝笨拙，竟然做出壞的車子。越人覺得自己受到侮辱了，很生氣，認為他只是嫉妒才說謊騙人，就不理他，繼續販賣這些破車。

1　方孝孺：（公元1357－1402年），字希直，又字希古，人稱正學先生。宋濂的學生。文筆縱橫豪放，著有《遜志齋集》，其中有不少寓言頗具特色。
2　輻條：連接車軸和輪圈的直條。
3　車輗：輗，音ㄋㄧˊ。古時大車轅端與橫木相接的地方。
4　車轅：轅，音ㄩㄢˊ。車子前面駕馭牲畜的兩根直木。

不久，有敵人入侵越國的領土，越國的士兵便駕著「嶄新的破車」上戰場作戰，結果才跑沒幾步路，整輛車子就碎散了，越國被敵人打得很慘，越人卻始終不明白使他們打敗仗的原因就是「車子」。

詩佳老師說

我們觀察任何事物時，不能只看它光鮮亮麗的外表，貪圖新奇，想嘗鮮，卻不去進行深入的研究，就像故事中的越人胡亂仿造，把別人的瑕疵品當作寶貝而不自知，還得意揚揚的向人誇耀，就可能會造成嚴重的後果。而那些製造破車子的人只知道抄襲，沒有辨別是非的能力，以致於推出的都是有瑕疵的產品，同樣造成了無法收拾的悲劇，甚至使國家差點因此滅亡。

作者方孝孺舉〈越車〉的故事為例，其實也是提醒從事任何學習的人，如果想要學習、引進新的知識，就必須先了解它的長處和缺失，要能夠靈活運用，否則很可能會反被知識給誤導或箝制，導致最後的失敗。

名句經典

——以假為真（成語）

把虛假的事物當作是真實的。這個世界上，充斥著虛假的事物，混雜在真實裡，讓人難以分辨。生活可以沒有燦爛，但

是卻不能沒有真誠，其實人生就像經歷一場嚴峻的考試，我們
對待生活應該要坦然真誠，不要弄虛作假，只要實實在在、兢
兢業業的做人、做事，相信生活會讓我們收穫更多。

【漫畫經典】

◆ 惟有針對目標徹底的了解，才是模仿、學習應有的態度。

54 越巫

（明·方孝孺《遜志齋集》）

【經典故事】

　　越地有巫師[1]自稱會驅鬼，只要病人來拜託，他就開壇[2]作法，吹海螺、搖銅鈴，又蹦又跳的跳起胡旋舞[3]，為人消除災禍。如果病人僥倖好了，巫師就留下來吃喝一番，拿了錢就走；如果病人死了，他就找別的藉口搪塞，反正絕不會承認作假。巫師經常炫耀說：「我擅長驅鬼，鬼怪都怕我。」

　　有個愛惡作劇的少年討厭巫師的虛偽，某天夜裡就帶了五、六個人爬到樹上躲起來，距離各一里左右，等巫師經過便用砂石丟他。巫師以為遇到鬼，馬上吹海螺，旋轉著身體邊吹邊跑。他怕極了，腦袋脹痛得厲害，走路時也不知道腳踩在什麼地方。

　　巫師踉踉蹌蹌[4]的跑了一段路，安心了些，但樹上的砂石又亂丟下來。他再拿出海螺來吹，卻吹不出聲，便急忙往前跑。往前一點，還是像剛才一樣。巫師嚇得兩手發抖、喘不過氣來，海螺「匡噹」一聲掉在地上。他拼命搖銅鈴，但是太慌張了，連銅鈴也掉

1　巫師：用降神驅鬼當職業來騙錢的人。
2　壇：祭神做法的場所。
3　胡旋舞：原為少數民族舞蹈，舞時快速旋轉。這裡指胡亂舞動身體。
4　踉踉蹌蹌：音ㄌㄧㄤˋㄌㄧㄤˋㄑㄧㄤˋㄑㄧㄤˋ。步伐不穩，跌跌撞撞的樣子。

了，只好一邊大叫、一邊不停的跑。一路上，巫師聽到腳步聲和樹葉搖動之聲在山谷間迴響，以為都是鬼，他大聲哭叫求救，叫得十分悲傷。

到了半夜，巫師終於到家了，哭著敲門。妻子詫異的問他原因，他已經嚇得舌頭僵縮，支吾了老半天只是指著床說：「快扶我躺下！我碰到鬼，要死了！」最後他終於嚇破膽而死，皮膚發青，到死也不知道拿砂石丟他的是人而不是鬼。

詩佳老師說

故事諷刺社會上招搖撞騙的「越巫們」，不僅害人，也必將害己。作者生動的刻畫了越巫的形象，巫師在詐騙時，裝模作樣，一副煞有介事的樣子，碰巧病人的病情好轉，便貪功邀賞；當病人死了，他便推說其他原因，甚至時常誇口自己的法力無邊。只用寥寥數語，就傳神的刻畫出越巫的醜態。

故事也巧妙的運用巫師做法的兩樣道具「角」和「鈴」。剛開始以為有鬼，巫師還能邊吹海螺、邊跑；後來以為真鬼又現身時，他已經吹不出聲音來；再以為又有鬼，他手上的海螺和銅鈴都掉到地上，只能倉促逃跑，情節層層遞進，精彩的動作配合神態的描寫，鮮活的突顯了人物的形象。

——裝神弄鬼（成語）

　　玩弄手段或花樣來欺騙他人，或是假扮鬼神騙人。故事中的巫師就是玩弄虛假的法術來賺錢、騙吃騙喝，不小心弄出人命，就找藉口逃開，完全不負責任。而故事中捉弄巫師的那群少年，其實也是假扮鬼神騙人，把巫師給嚇死了。雖然少年整巫師是有「懲奸除惡」的意味，但手段上也是值得商榷與深思的。

【漫畫經典】

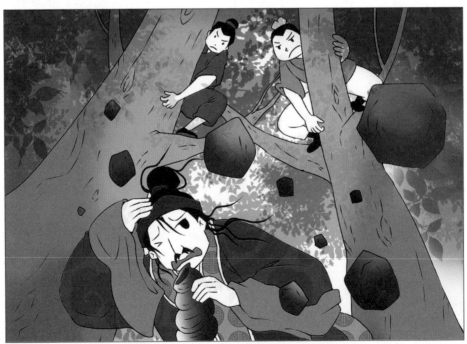

◆沒有真本事而專靠說謊騙人的，面對考驗往往「不堪一擊」。

(55)中山狼傳

（明・馬中錫[1]《東田集》）

【經典故事】

東郭先生騎著跛腳的毛驢，背了一袋書，到中山國謀求官職。半路上，一隻流著血的狼跳到他面前，下跪哀求說：「先生，我現在被獵人追殺，箭射中了我，差點沒命。求您把我藏在背袋裡，我會好好報答您的。」

雖然知道狼會吃人，但東郭先生看到受傷的狼很可憐，不禁心軟，考慮了一下就說：「既然你苦苦哀求，我就想辦法救你吧！」於是要狼蜷曲四肢，再用繩子捆住，儘量讓牠的身體縮得更小，以便裝進背袋裡。

不一會，獵人趙簡子[2]追了上來，找不到狼，氣得拔劍就往車頭砍下，罵道：「如果敢隱瞞狼的行蹤，下場就像這輛車！」東郭先生嚇得趴在地上說：「我知道狼很可怕，如果您能除掉牠，我該助您一臂之力，不會隱瞞！」趙簡子相信了，就朝別的方向追去。

狼聽見馬蹄的聲音遠去了，就說：「求您放我出去，讓我逃生吧！」東郭先生就把狼放了出來，不料狼卻露出獠牙咆哮說：「你既然救了我，索性好事做到底，現在我餓了，如果餓死，你就白救

1 馬中錫：（約公元1446－1512年），字天祿，號東田。著有《東田集》，其中以寓言《中山狼傳》最膾炙人口。原文篇幅頗長，本書加以濃縮改寫。

2 趙簡子：名鞅。春秋時晉國的大夫，這裡是假託的人物。

了，不如讓我吃掉你！」狼張牙舞爪的要撲向東郭先生，東郭先生只好空手博鬥，嘴裡不斷喊「忘恩負義」。

這時有個老人拄著拐杖經過，東郭先生急忙請老人評理。狼卻完全否認救命的事，反而說東郭先生想將牠悶死在背袋裡。老人想了想，說：「你們的話我都不信，這口袋這麼小，怎可能裝得下狼？請狼再進去袋子裡，讓我評斷一下。」狼同意了，又讓東郭先生用繩子捆起來，裝進口袋。

老人立即把口袋綁緊，對東郭先生說：「這種害人的野獸不會改變吃人的本性，你對狼仁慈，簡直是笨蛋的行為！」說完，大笑起來。東郭先生才恍然大悟，非常感謝老人，就將狼殺死丟棄在路旁，繼續趕路去了。

詩佳老師說

狼吃人的本性，並不會因為其他因素而改變，就像故事中的狼，不管東郭先生對牠有沒有恩惠，等到牠肚子餓了，終究要吃人的。社會上也存在許多類似的惡人，這種人擅長偽裝，他們懂得掩飾自己猙獰的面目，而以知書達禮、故意示弱等偽裝來降低人們的心防，使人受騙上當。

東郭先生的迂腐則正好跟狼成為對比。東郭先生不加判斷、不分對象就去救狼，濫施仁慈，明明知道狼「性貪而狠」，他仍然堅信要愛一切人，認為這樣才是與人為善，這種迂腐的思想，比起中山狼的狠毒，同樣具有警世意義。

——引狼入室（成語）

　　把壞人招引到家裡，結果給自己帶來了難以收拾的麻煩。比喻自招其禍。另一個同義詞叫作「開門揖盜」。狼之所以有「狼心狗肺」的形容，就是因為狼很聰明、很狡猾，懂得偽裝，比如「披著羊皮的狼」。有些人心就如狼心，該如何防範呢？只有提升自己的洞察力，用智慧的手段戒備，才能避免一場災禍。

【漫畫經典】

◆ 不小心受惡人欺騙，是意外；明知對方是惡人還上當，則是愚蠢。

⑤⑥醫駝

（明‧江盈科[1]《雪濤閣集》）

【經典故事】

　　有個醫生對人自我介紹，說他能治好駝背。他說：「無論背是駝得像弓那樣彎曲的，或是像蝦那樣捲起來，還是彎得像鐵環兒的，只要來請我醫治，保證早上治療，晚上病人的背就會像箭一樣直了。」將自己的醫術說得活靈活現的。

　　有個病人聽了，就興沖沖的請醫生來治駝背。

　　這醫生向人要來兩塊很大很大的木板，先把一塊放在地上，然後叫駝背的病人趴在板子上，再用另一塊板子壓在駝背上面，然後伸腳踏上去，使勁地踩呀踩，踏呀踏，果然駝背很快就弄直了，但是病人也立刻背斷腰折，被踩死了。

　　病人的兒子很悲傷，想到官府去告醫生，醫生卻說：「我的職業是治駝背，只管把駝背弄直，才不管人是死的還是活的！」

詩佳老師說

　　我們做事如果只求達到目的，過程卻不擇手段，完全不去考慮可能發生的危機，就會像故事裡的醫生治駝，只管醫好駝背，

1　江盈科：字進之，號雪濤，又號綠蘿山人。著有《雪濤閣集》，其中的《雪濤小說》、《雪濤諧史》中有一些精彩的寓言故事。

卻不管別人的死活，到最後只會將事情越辦越糟。看問題、解決問題不能只從表面著手，還要透過表象認識本質，才能處理得好，也不能只想著滿足私慾而不顧他人的感受。

　　作者主要諷刺當時的地方長官，他們只管收稅金，像百姓要錢糧，卻不願意善待百姓，不思考收取重稅之後對民生造成的影響，這與那個治駝背的醫生「但管人直，那管人死」的作法，有什麼不同呢？故事的寓意對照社會現實，詼諧有趣而犀利深刻，到現在仍具有積極的意義。

名句經典

——矯枉過正（成語）

　　糾正過度，不符合中庸之道。又指把彎的東西扳直，結果又歪到了另一邊。比喻糾正錯誤超過了應有的限度。就如故事中的醫師，治療駝背應該以溫和的物理治療的方式矯正，然而他卻用兩個門板夾住駝背，將病人活活踏死，想糾正謬誤、錯誤，卻超過了應有的限度，反而又陷入另外一種錯誤或偏差之中。

◆ 醫生為了達到醫駝的目的而不擇手段，不但損人，更不利己。

(57) 黑齒白牙

（清・石成金[1]《笑得好》）

【經典故事】

兩個歌伎[2]都生得貌美如花，一個牙齒烏黑，另一個的牙齒卻異常雪白。黑牙的歌伎總是想方法遮掩她的黑牙，白牙的歌伎卻千方百計炫耀她的白牙。

這天劇場裡來了幾個有錢的客人，酒酣耳熱時，大家便想捉弄這兩位歌伎。有位客人先問黑齒女：「妳姓什麼？」只見黑齒女將小嘴兒緊緊的閉著，鼓起粉嫩的臉頰，猶豫了老半天，聲音才在喉間打轉回答：「姓顧。」客人又問：「今年多大年紀了？」黑齒女又鼓起腮幫子[3]答道：「年十五。」客人再問：「妳會做些什麼呢？」黑齒女又在喉間發出如蚊般的細聲，答：「會敲鼓。」

接著，客人轉過頭來，又問白齒的歌伎姓什麼？只見白齒女裂著大嘴，使力將嘴角儘量往後揚，讓滿口雪白燦爛的白牙露出來，道：「姓秦。」客人又問她今年幾歲？白齒女又翻著嘴唇，將晶瑩的貝齒露出來說：「年十七。」客人再問她會什麼？白齒女又將嘴裂得更大，唇翻得更開，讓白齒盡露，說：「會彈琴。」

---

1 石成金：字天基，號惺齋。著有《笑得好》，是笑話集，雖然名為笑話，實際上是發人深省的寓言。

2 歌伎：歌女。

3 腮幫子：臉頰。

詩佳老師說

作者在篇末評道：「今人略有壞事，就多方遮掩；略有好事，就逢人賣弄；如此二妓者，正自不少。最可笑者，才有些銀錢，便滿臉堆富；才讀得幾句書，便到處批評人，顯得自己大有才學；才做得幾件平常事，便誇張許多能幹。看起來，總似這齒白之娼婦也。」正是諷刺某些人的虛偽與浮誇。

黑齒女怕露黑齒，是因為有自知之明，雖然忙著掩飾醜態，但也還算情有可原。相比之下，白齒女就顯得可笑了，只是稍有些長處，就迫不及待大肆宣揚，生怕別人不知道。現今有些人做事不求務實，才剛開始做一件事，還沒有結果，便急著露臉、搶功勞，為自己樹立虛假的形象，正如這個白齒女一般淺薄啊！

名句經典

──遠處近誇，近方賣弄（成語）

在遠近各處到處吹噓宣傳。比喻人忙著遮掩缺點而誇耀優點。故事中的黑齒女知道牙齒黑不好看，就拼命掩飾。白齒女也知道牙齒白很美，就拼命顯露出來。兩者雖然都有自知之明，但黑齒女不能接受真正的自己，以至於受自卑之苦；白齒女則不能謙虛以對，她的行為顯得是在給黑齒女難看，這是不必要的。

圖說：寓言的故事──60篇情境漫畫，逆向思考讀經典

【漫畫經典】

◆ 極力掩飾黑齒，或努力露出白齒，其實都是出於一種自卑的心理。

58 公案

（現代・張至廷[1]《在僻處自說：張至廷微小說選》）

【經典故事】

　　月老避過了一篷急雨，這廂[2]剛把紅線纏妥了珍姑，一出門，洪水倒來了。顧不得紅線那端等著的鄰村耿小生，月老跳上樹巔，那紅線卻越放越長，敢情是大水漂[3]了珍姑，這下月老可不成了縴夫[4]？月老把珍姑救到了一座廟頂，正想去找耿小生，轉眼一瞥，看這廟竟是座龍王廟，水越滾越大，又把龍王廟沖倒啦！沒奈何，月老苦著臉把珍姑弄上了山頂，一下山，正瞧見黑白無常拘[5]著耿小生的魂魄趕路呢。這下氣壞了月老，一橫杖擋下了黑白無常，喝道：「這耿小生陽壽未盡，姻緣未就，緣何[6]拘他？」無常一愣，黑無常掏出懷中生死簿檢索，自語：「哎，真拘錯了，當是狄小王。」白無常聽了卻一伸手把老黑遮攔[7]到身後，斥道：「拘錯便怎樣？你紅

1　張至廷：國立中興大學文學碩士，國立新竹教育大學中文系兼任講師。現為國立中央大學中文系博士候選人。精通詩、戲劇、小說之創作，曾獲中興湖文學獎、中央大學金筆獎、全國大專文學獎、《西藏的女兒》獲選2013臺中市作家作品集等。著有《在僻處自說：張至廷微小說選》一到三集和外編、《圖說：新古典小說的故事》、《文言文閱讀素養：新看古典小說的故事（古今對照版）》。
2　這廂：這邊、這裡。古典小說或戲曲常用詞語。
3　漂：音ㄆㄧㄠˇ。用水沖洗。漂洗，古人將布放在何裡漂白洗淨。
4　縴夫：背著繩子拉船前進的人。縴，音ㄑㄧㄢˋ。
5　拘：逮捕、扣押。這裡是拘提的意思。
6　緣何：為何。
7　遮攔：阻擋。

線另栓一頭不就得了？」月老不依，定要上告天庭，兩無常急了，正要把耿小生的魂還給月老，那頭龍王卻氣洶洶地趕來，一把揪住月老，說他帶著珍姑踩毀了他的廟，定要到玉帝跟前評理去。一群神、鬼、人便吵吵嚷嚷上了天庭。玉帝也被這筆糊塗帳鬧得頭痛，便敕[8]問：「哪個給發的大水啊？」小官說：「是某國想蓋十二座大型水壩，因居民反對，國君向天庭申請大洪水，並獻貢無數，玉帝金口核准的呀。」玉帝沉默了一陣，說：「這樣吧，那耿小生拘了便拘了，人命並不值錢，此事不需再議。龍王廟嘛，天庭照准徵用民財重蓋。至於月老和珍姑，這個……准月老收珍姑為妾[9]好了，珍姑升為神明。如此甚為圓滿，有諫[10]者斬！」

至廷老師說

　　〈公案〉寫的是一場陰錯陽差的公務糾紛，「陰錯」是指黑白無常拘錯了魂，「陽差」則是因此拆散了陽間的一段夫妻情緣。陰錯陽差已經處理不來了，再加上水災導致龍王廟倒，龍王也來湊一腳，變成了人、鬼魂、神三方面的糾葛。

　　這個難解的糾葛，看起來是從黑白無常執行公務的粗心開始，其實到了故事後面才點明，真正的源頭是玉帝自己受賄降雨成山洪而致。沒有山洪，月老不耽誤救珍姑的時間，紅線就牽成

8　敕：音ㄔˋ。帝王的告誡、命令。
9　妾：音ㄑㄧㄝˋ。男人的小老婆。
10　諫：用言語或行動勸告別人改正錯誤。勸諫的意思。

了，或許也不會有拘錯魂的事件發生。源頭來自玉帝，最後的仲裁又是玉帝，而彌補這些過失的，又都落在「人」身上，一對好好的夫妻，男的要冤死，女的要改嫁，沖毀的龍宮要「徵用民財」重建。這樣，在主政者而言，就天下太平了，在上位者率多如此，世間何能不亂？

名句經典

──官僚主義（名詞）

官僚，本來指「官吏」，但也常常指仗著官位權勢擺威風，是一種只知道發號施令，圖謀己利，忽視人民權益的領導作風。〈公案〉這篇故事裡，上自玉帝，下至黑白無常，對於自己的職責都只是想敷衍了事，只顧自己方便，使無辜者受害，這就是標準的「官僚主義」。

◆ 倘若在上位的人糊塗、傲慢，受災殃的就是無辜的老百姓。

⑤⑨ 選擇

（現代・高詩佳）

【經典故事】

　　不同村的兩隻螞蟻出遠門，道上相遇，決定同行。路上無聊便說起家鄉事來。其中一隻螞蟻住在喚作東村的地方，那是在河岸上游離水較遠偏東，地勢高，由上往下望，一片美好風景映入眼簾，花木扶疏，土壤肥沃，正適合鑽地造窩兼囤糧。另一隻住在下游荒僻處喚作西村，由於經年累月被溪水沖刷，花草土壤都被帶光了，只磨了滿河床的鵝卵石。據悉前一日，西村紅螞蟻大哥，那隻背上有紅色斑點的，整個兒家當[1]連同家眷[2]都給水捲走了。西村蟻嘆：「世道不好哇！連水都來欺負咱！」東村蟻惻然[3]：「如此百年難得一見的水災，倒也稀罕。」西村蟻垂首[4]暗想：「百年？百日[5]吧……」東村蟻見狀，安慰道：「西村雖不大合人住，但倘若小住幾日，倒還有些荒野奇趣。你該來東村走走，我們資源豐富，什麼都有，多便利！」西村蟻大著嗓門回道：「咱去過東村幾次，那兒到處鑽了家窩，咱簡直沒站的地方！資源多，可也不一定輪得到

1　家當：家中所有的財產。
2　家眷：一家的眷屬、家人。
3　惻然：悲傷的樣子。惻，音ㄘㄜˋ。
4　垂首：沮喪的樣子。
5　百日：人死後滿一百天，就請僧、道設道場誦經祭拜。這裡有諷刺的意思。

咱，不然您老也不必巴巴兒的[6]出走啦！」東村蟻亦垂首。兩蟻一時無言，雙雙弓著背，直往那夕陽西下的彩雲邊兒上走了。

詩佳老師説

　　兩隻螞蟻出遠門在路上相遇，說來不是什麼大不了的事。至於路途無聊，相互抬槓也是正常情事。只是說者無意、聽者有心，實在是因為這東村與西村差別，根本是天堂與地獄：前者風景美好、糧食富足，生活便利的不得了；後者土地貧瘠、洪荒遍野，時時得擔心連家眷都給水捲走。

　　雖說如此，西村蟻卻也並不羨慕，因為東村早過度開發，擁擠的不得了，要在那想安居樂業不是件容易的事。至於東村蟻，一副不知民間疾苦、眼睛長在頭上的回應，則讓人直覺想到不食肉糜的晉惠帝。故事的最後，兩蟻雙雙弓著背走向夕陽的那端，可見家家有本難唸的經，天堂中有地獄，地獄之中也有天堂。

名句經典

——目不見睫（成語）

　　人的眼睛看不見自己的睫毛。就如故事中的東村蟻，覺得自己的家鄉資源豐富，邀西村蟻來東村定居，卻被西村蟻一語道破

6　巴巴兒的：特地的。

東村的窘境：過度開發，過於擁擠。東村蟻只看得見自己東村的好，卻忘了，自己也是因為在家鄉待不下去，才和西村蟻一樣離鄉背井。比喻人沒有自知之明，不能看見自己的過失。

【漫畫經典】

◆世界上不存在完美，我們所羨慕的人同時也在承受他們的不如意。

⑥⓪豌豆公主

（現代・高詩佳）

【經典故事】

很久以前，為了驗明公主的身分，就在她的床墊下放了一顆豌豆。隔天公主表示睡得很不舒服，因此證明了她的身分。但這種方法不管用了，畢竟真正的公主不是小小豌豆能鑑別出來，現在需要的是更精細的鑑別法。

碗豆公主只要有一點點不舒服，就會立刻反應出來。帶她去餐廳吃飯吧，點一道招牌菜，公主會優雅地吃幾口，隨即放下筷子正色道：「真懷疑你的品味！以後不要帶我來這裡了。」測試她的觀察力吧，服務生送湯來，真正的公主只要看一眼就會說：「這碗有裂痕，很危險的！」仔細看，才會發現那是一條細細的、不知是花紋還是裂痕的「紋」。但公主是很優雅的，還是會忍耐著再喝兩口。

真正的公主必定有一雙疼愛她的父母親。問她是否受寵愛？公主會答道：「當然！從小爸媽都會幫我把難咬的食物，先幫我切好、處理好，再放到碗裡，所以我從來沒有用手抓過食物吃！」

然而公主也有她的煩惱：「所以後來和王子約會，都不點麻煩的食物，除非他願意幫我剝蝦殼、撕雞腿肉和切牛排。但是這樣的王子不多，我簡直快找不到對象了！」她懊惱得撐著頭。

詩佳老師說

我們以前讀童話，故事的最後總會告訴大家：從此公主與王子過著幸福快樂的日子。但是，這故事裡的公主，卻苦於找不到真正的王子。原因就在於：她有著過人的「鑑別力」。這種公主病讓她容不下一顆豆子，讓她喝湯也擔心、計較碗上難以查見的裂痕，讓她不斷在生活中找碴，給別人難過，自己也難過。而追根究柢，公主的嬌貴就是被爸媽寵出來的。試問，一個從小都沒用手抓過食物吃的人，怎麼有辦法去應付生活中的坑坑疤疤。不要說找不到願意伺候的王子，就算有王子願意，恐怕幾天後也真的要申訴退貨了。這印證了一句現代名言：「要害你的孩子，最好的方式就是寵他（她）。」

名句經典

——嬌子如殺子（諺語）

嬌，溺愛、放縱。指父母過度溺愛子女，反而害了子女。有些年輕人被稱為「媽寶」、「爸寶」，他們小時候就深受父母寵愛，無論遇到任何事，父母都會出面幫忙處理，比如子女長大出社會後，還陪著子女去應徵、面試，被稱為「直升機父母」。這樣的教養方式，將造成子女成年後無法獨立，欠缺解決問題的能力。

◆ 也許那不是公主病，只是天生敏感、經常要維修的一種仿生機器人。

Note

Note

Note

Note

國家圖書館出版品預行編目資料

圖說：寓言的故事：60篇情境漫畫，逆向思考
讀經典／高詩佳著. -- 三版. -- 臺北市：
五南圖書出版股份有限公司，2023.09
面；　公分
ISBN 978-626-366-495-1(平裝)

856.8　　　　　　　　　112013500

1X3N

圖說：寓言的故事
60篇情境漫畫‧逆向思考讀經典

作　　者 ─ 高詩佳（193.2）

發 行 人 ─ 楊榮川

總 經 理 ─ 楊士清

總 編 輯 ─ 楊秀麗

副總編輯 ─ 黃惠娟

責任編輯 ─ 魯曉玟

封面設計 ─ 陳亭瑋

插　　畫 ─ 俞家燕

出 版 者 ─ 五南圖書出版股份有限公司

地　　址：106台北市大安區和平東路二段339號4樓

電　　話：(02)2705-5066　　傳　　真：(02)2706-6100

網　　址：https://www.wunan.com.tw

電子郵件：wunan@wunan.com.tw

劃撥帳號：01068953

戶　　名：五南圖書出版股份有限公司

法律顧問　林勝安律師

出版日期　2013年11月初版一刷
　　　　　2019年 6 月二版一刷
　　　　　2021年 3 月二版二刷
　　　　　2023年 9 月三版一刷
　　　　　2023年11月三版二刷

定　　價　新臺幣350元